食虫植物

【わたしのすべてがあの子ならいいのに】

橋爪駿輝
イラスト 春
曲 笹川真生
歌 理芽

目次

わたしのすべてが
あの子ならいいのに

だれかに
好きになってもらうには
まずだれよりも
自分が自分を
好きにならなきゃ

そんなこと思ったりするけれど
すっごく難しい

大体 それができたら
わたし
こんなにあなたを
欲しがらない

まえぶれのない風が吹いた。

うすい、ピンクの桜の花弁が校舎へとつづく道いっぱいに舞い散っている。

「うわぁ」とか「きれー」とか言いながら、登校途中の生徒たちは口を半開きにしてそれを見ていた。憑《つ》かれるように見ていた。

わたし以外、全員。

わたしは。わたしだけが、桜ではなくひとりの女の子を見ていた。

なびく黒い髪は朝のまだ澄んだ日の光にくるまって輝き、切り揃《そろ》えた前髪に、細いけれど意志の強そうな眉毛《まゆげ》が透けている。

その下には猫を思わせる鋭い目があった。

舞い散る桜を、小馬鹿《こばか》にしたように眺める目が。

背はわたしよりすこし低い。制服のスカートからしなやかな二つの脚が伸びている。

何年生だろう。知らない顔だった。こっちを向いてほしかった。

わたしは、心のなかで数をかぞえる。もし、こっちを向いたら、とてつもなくいいことが起きるとまじないを込めて。さん、にぃ、いち――アスファルトの上、絨毯《じゅうたん》のように敷き詰められた花弁を踏みしめながら、わたしだけが彼女を見ていた。

それがなー子との出会いだった。

「はじめまして。染川七子《そめかわななこ》です。生まれたのは神奈川で、すぐ引っ越して高一まで神戸にいたんですけど、今回また親の転勤で埼玉に来ました。たまに関西弁出ちゃうかもです。あっ、でもそもそもは関東なんで、えっと……色々教えてください。よろしくお願いします」

拍手が響いて、黒板のまえで挨拶するなー子に自分が見惚《みと》れていたことに気づく。

なー子がぺこっと頭をさげた。後ろ髪は肩のほうに垂れて、白いうなじが見えた。さわってみたい。そう思った。乗り遅れないよう慌てて手を叩《たた》こうとしてちょうどそのタイミングで拍手が終わり、わたしの手だけぱちっと鳴った。顔から火が出そうだった。

二年五組。このクラスの担任である佐々木《ささき》が指さして、

「あそこが席だから。じゃあみんな、染川さんのことよろしくなー」

と、いつものホームルームをはじめたのをよそに、教室中の品定めするような視線が、スクールバッグを肩にかけ席へと向かうなー子に合わせてかさかさ移っていく。前から三列目の窓側。先月、喫煙と援交、その他もろもろバレて退学処分となった柴崎《しばさき》さんが座っていた席。

つまり、なー子の席は、わたしの一つ前の席だった。

まじか。運命かも。

あったかい緊張がお腹《なか》の奥でふっくら芽生える。あえて俯《うつむ》いていた視界に、紺色のソックスと上履きが入ってくる。こんもり膨らんだくるぶしが可愛《かわい》い。慎重に、ゆっくり、顔をあげてみる。ほのかに赤らんだ膝。意外にも引き締まってそうな太もも。スカート。群青《ぐんじょう》色のカーディガン。水色のリボン――あれ？

わたしの目は、なー子の目と合っていた。近くで見るとなー子の目は茶色かった。肌全体の色素が

薄いのか、鼻と頬《ほお》にうっすらとそばかすが映えている。

わからなかった。どうしたらいいのか。よろしくね、くらい言えばいいのか。でも、ホームルーム中だし、佐々木は中間考査について話してるし、教師が話している最中に声を出すのはどうかと思うし、そもそもわたし、クラスで声を出すことなんてほとんどないし。だから、わたしは黙ったまま、笑った。精一杯、なー子に笑いかけてみた。そうすればなー子だって、その茶色くてちょっと鋭い目をほそめ、そばかすのある頬にえくぼをつくって笑い返してくれるだろう。すると、なー子の潤った唇がうごいた。横に広げ、縦にふくらむ。そして、また横に広げるとなー子は背を見せて席についた。

その三文字に声はなかった。でも。きっとたぶん、なー子の唇はこう言った。

「き」

「も」

「い」

そっか。

わたし、キモいのか。


「あんときの佐々木やばかったよねぇ」

「ね。童貞なんじゃね」

「いやーさすがにないでしょ。だってもう三十五とかよ」

「でもさぁ、童貞じゃなかったら生徒が生理ってくらいであんなビビんないっしょ」

開け放った窓から、ゆらゆらほの温かい風が入ってくる。

休み時間は嫌いだ。

友だち同士、好き勝手に席から立って喋《しゃべ》る。はしゃぐ。笑う。そんな相手のいないわたしは、気《け》だるそうな雰囲気をよそおい机に突っ伏し時が経《た》つのをやり過ごす。顔の周りを腕で覆い視界をなくすと、代わりに他の感覚が研ぎ澄まされてくる。なー子の席でぺちゃぺちゃ喋る数人のクラスメイトの声が鮮明になる。この休み時間中だけで、もう八回「童貞」という単語が聞こえる。下品な女子トークに反吐《へど》が出る。でも、なー子の声は聞こえない。わたしにはわかる。どうせ取り巻きの内容のない会話に合わせ、曖昧《あいまい》な顔で笑ってるんだと思う。

転校してきてすぐ、なー子はクラスに馴染《なじ》んだ。当然だ。大人っぽい顔をしてる割に、平均より背が低いのがチャーミング。人当たりもいい。

けれど、わたしだけ。本当のなー子を知っている。

こいつらほんっと馬鹿だなぁ。そんなのどうでもいいっつうの。わざわざわたしに喋ってくんなよカス。と、そんなことを考えながら声も出さずに笑ってる、はず。腕の中で目を開ける。ピントのずれた机の木目はぼんやり見える。これまで何人もが突っ伏してきたであろう木の匂いがする。

高一からずっと、わたしは「いる」のに「いな」かった。クラスでだれかと話すこともない。教科書の貸し借りもしない。テストの点数がわるくて嘆き合うこともない。けど、多分いじめられてるわけでもない。まるでひとり教室にぷかぷか浮いてる海月《くらげ》。グループ学習の班分けではかならず最後まで余る、そういう運命みたいに。

まぁ、わたしもひとりのほうが楽だし——そう言い聞かせてきた。けど、なんでわたしだけひとりなの？　アンサー＝わたしがキモいから。なー子は、その答えをくれた。こんなわたしに「キモい」と面と向かって言ってくれた。わたしは透明人間じゃなかった。ちゃんといる。ここにいる。なー子はキモいわたしを、見つけてくれたんだ。

あのときの慣れない、わたしの笑顔は相当引《ひ》き攣《つ》っていたはずだった。

だから「き」「も」「い」。

なー子の世界に、わたしはいる。それがキモいわたしだって構わない。嬉《うれ》しくてたまらなかった。

もっとなー子の世界にいたい。入っていきたい。


チャイムが鳴る。

授業中しずまっていた学校が一気に活気づく。

はしゃぐ声。教科書なんかをリュックやスクールバッグに詰める音。教室の椅子《いす》と床がこすれ、廊下からも軽やかな足取りが響きはじめる。

わたしの前には今日もなー子の背中があった。なー子は背中をすこしかがめて、机の引き出しから教科書やペンケースを出すと雑にバッグへと突っ込んでいく。ベージュの、生地の薄いカーディガンが一箇所ぽこっと浮いている。それはブラのホック部分のはずで、わたしは気をつけてと注意したかったけれど、なー子と喋ったことはない。男子から変な目で見られないよう気をつけて。そう、願うしかない。あいつらの頭の中は最悪だから。

なー子が椅子を引く。椅子の縁に、長い指がかかる。ちゃんと切り揃えられた爪は綺麗《きれい》なかたちをしている。そのまま立つとふわり、匂いがした。洗剤じゃない。香水だと思う。甘くない、けど永遠に嗅いでいたい爽やかな香り。いつかなー子の香水の名前を突き止めて、わたしも同じものを買おうと心に決めている。

教室を出ていくなー子の後ろ姿を見送って、のっそりわたしも立ち上がる。


扉を開けると、部室はキャミソールや下着姿になった女子生徒で犇《ひし》めき合っていた。日に焼けて手足の浅黒くなってる子が多いなか、なー子はあいかわらず白い。いつもちゃんと、日焼け止めを塗っているからだと思う。部屋の隅でわたしもいそいそ制服を脱ぐ。下着の色。胸の大きさ。足の太さや腰のライン。そのどれもちがう女子の裸体とシーブリーズの匂いに満ちた部屋。これからの練習メニューとコーチへのえげつない悪口がとめどなく飛び交っている。

「ななこぉ、いくよー」

ランニング用のシャツとパンツに着替え終わった女子が、部室の扉に手をかけなー子を呼ぶ。

「おっけ。ちょい待って」

すでになー子も着替え終わっていたが、スパッツから伸びる太ももに何度も日焼け止めを塗っている。ランニングシューズの先をコンコンと床で叩き、二人は連れ立ってグラウンドへと走っていった。

ジャージに着替えたわたしも、小走りで部室を出る。

よーい……ハイっ。よーい……ハイっ。

放課後の空がじんわりと橙《だいだい》色に染まりはじめていた。芝生の草いきれのなか、グラウンドに敷いたハシゴみたいな形状のラダーという器具に沿って、たくさんの脚がうごいている。

「ほらもっと足あげる！　足！　足！　もっと！　もっと！　もっと！」

叫ぶコーチに方々から「はいっ！」と声があがる。汗を飛び散らして練習に励む部員たち。わたしはビデオカメラを向けてフォーム確認のための映像を撮っている。ズームアップするその先には髪をひとつ結びにしたなー子がスポーツドリンクを飲んでいる。激しく上下する喉仏がカメラの小さなモニターを通して目の前に映る。思わず、わたしも唾をのむ。

なー子は女子陸上部に入った。

転校までいた神戸では、けっこう有名な短距離の選手だったらしい。うちの学校の陸上部に入部してもなー子はすぐにその実力を認められ、大会に向けて有望なレギュラー候補になっている。と、部室で噂《うわさ》されているのを聞いた。けれど正直、そんな情報どうでもよかった。わたしはなー子のそばにいる時間を増やしたかっただけ。だから、中学、高校と帰宅部だったわたしも突如陸上部へと入部届を出した。ただ壊滅的な運動音痴なので、マネージャーとしてだけど。

「海野《うんの》さんさぁ、いつまで撮ってんの。次、テンポ走だからね」

三年生のマネージャー厚木《あつぎ》先輩に苛立《いらだ》ちながら言われる。あ、はぁ。曖昧な返事をすると、持っていたビデオカメラを奪われる。厚木先輩は去年までマネージャーではなく、陸上の選手だった。けど、靭帯《じんたい》だかを切ってしまい、選手の道はあきらめてマネージャーになったという。自分の無念を他人に託してる系の、けっこう苦手なタイプ。

「ちゃんと撮れた？　あとラダー片づけといてよ」

なにも答えず敷きっぱなしのラダーへと向かう。ビデオカメラのレンズ越し、わたしが見ていたのはほとんどなー子だったし、なんならＲＥＣボタン押すのを忘れていた。という報告を厚木先輩にせず、淡々とラダーを畳んでいく。グラウンドを囲んでいるレーン。その上を歩きながら、なー子とコーチが楽しげに話している。インターハイの元優勝選手だかなんだか知らないけど、わたしはあのコーチが嫌いだ。なー子との距離が近すぎる。コーチのこと、なー子はどう思ってるんだろう。

「おつかれさまでしたぁ」

練習が終わった。グラウンドの片づけを済ました後、ビデオカメラの録画をできてなかったのが厚木先輩にバレて叱られた。

「あんたさ、ずっとやる気なくない？　ないよね？　なんで陸上部入ったわけ？」

ブツブツつぶやく先輩の背中を追って部室へもどっている途中、

「あ、いま終わり？」そう、声がした。

ふり返ると、リュックを背負った伊織《いおり》が立っている。吹奏楽部の練習も終わったのだろう。

二組にいる伊織は小学校からの幼馴染《おさななじみ》。だから家も近い。

伊織はなんていうか、ずる賢い。べつに可愛くないし、どっちかというと教室の隅にいるタイプなくせして、立ち回るのがうまい。クラスのカーストでは底のほうなのに、わたしみたいに絶対ひとりにはならない。孤立しない。底同士で仲間を見つけ、徒党を組む天才。

「一緒に帰ろうよ」

「えっと……ちょっと待たせるかもだけど」

「ちょっとでしょ？　じゃあ待ってる」

そう言うと、伊織は部室のすぐそばの段差に腰かけた。リュックからごそごそ文庫本を取りだし読みはじめる。本気で待つつもりだ。しかもここで。

ちょっと気が重い。いや、正直めんどい。どうせ、帰り道に最近つき合いはじめた彼氏とのノロケや愚痴を聞かせられるだけだ。そして彼氏なんてできない、できるはずもないわたしを内心下に見て安心するのだ。わたしとじゃなく、彼氏と一緒に帰ればいいのに。

音が出ないようため息をついて部室に入った。そのときだった。

「海野さん、きょう一緒に帰ろうよ」

心臓が破けそうだった。それは、なー子の声だった。とっさに辺りを見まわす。けど、隣にも背後にもだれもいなくて、なー子の茶色い目はわたしをじっと見つめている。

「あ、あぁ、えっ……」

「やだ？」

や、じゃない。そんなわけない。けど、なんで。頭のなかを無数の「？」が埋め尽くす。軽くパニック状態。そのとき、部室の外で待っている伊織のことを思い出す。

「えっと、その、友だちが待ってて…。あ、でも、その子とはいつでも帰れるんで……ちょっと断ってきます。すみません」

やっと言うとなー子が、

「いいじゃん、その子も一緒に帰れば」とこともなげに笑う。

なー子が笑ってる。なー子が声に出して、わたしと喋ってる。今日、これからなー子と一緒に帰れる——気が変わらないうちにと、慌ててジャージから制服に着替える。「おつかれー」と先に帰っていく部員に声をかけながら、なー子は退屈そうにスマートフォンをいじっている。わたしなんかがなー子を待たせてることがあり得なくて、なのに焦《あせ》ると指が震えて、ブラウスのボタンを留めるのに手間どってしまう。

「ご、ごめん遅くなって……」

「全然だよー。いこっか」

厚木先輩の、なんでこいつがなー子と一緒に帰るんだろうという怪訝《けげん》な視線を感じながら部室を出た。それはそうだ。わたしだって意味がわからない。

伊織がわたしを見て、段差から立ちあがる。

「あ、あの。おなじクラスの、そ、染川さん」

「どうも。なな子です」

猫っぽい目尻をゆるませ、なー子が笑いかける。伊織はカーストの違う人間を間近にしてあきらかに迷惑そうな表情をわたしに向ける。そんな顔すんなよ。わたしはなー子と帰りたいんだからさぁ。

伊織がなにか面倒なことを口にする前に牽制《けんせい》する。

「い、一緒に帰ろ！　三人でっ」

唾が飛ぶ。伊織は、すこし、怯《おび》えたような目でわたしを見る。わたしは力を込め、じっと見返す。

人の目をまっすぐ見続けるのがこんなにも疲れるなんて。

やがて、伊織はわたしの視線に押し切られ力なく頷《うなず》くと、

「立本《たちもと》伊織です」そうぼそっと言って、なー子へ不器用に笑い返した。


わたしと伊織の最寄りは志木で、いつもは急行に乗って帰る。

けど、この日はちがった。駅のホームで、なー子が「せっかく一緒に帰ってるんだし、各停に乗ろうよ」と言ったから。なー子が、わたしと一緒にいる時間をできるだけ長くしたいと思ってくれてる。

嬉しくて嬉しくて、手にべっとり汗をかく。

「いいよね？　ね、そうしよっ」

わたしの勢いに戸惑いながら、伊織がぼそぼそ言う。

「うちはいいけど…。きょう七時からジウの生配信ライブじゃなかったっけ、いいの？」

そんなのいいんだよ！　そう、怒鳴りそうになるのを危うく我慢する。

「だ、大丈夫だから。アーカイブで見れるし」

「なに、ジウって韓国の？」

なー子が、ちょっとだけ背の高いわたしを覗《のぞ》き込むようにして聞いてくる。

「あ、えっと…」

やばい。アイドルオタクとか思われて引かれたらどうしよう。

「そうなんです。この子ずっとファンで」

今度は伊織が畳みかける。さっきの仕返しか、ただの無邪気か。いずれにしても余計なこと言うなって。耳たぶが燃えそうに熱い。どうにか誤解とかなきゃ。けど、誤解でもなくて。あぁ、これでなー子に引かれたら伊織のこと殺す。

各駅停車の電車がホームにやってくる。日暮れの東武東上線の上りは帰宅客でかなり混んでいる。自動ドアが開いて、押し出されるように客が降りる。それでできた隙間にわたしたちは身体をねじ込んだ。車体が揺れて、つり革にしがみつく。

「伊織ちゃんは？　好きなアイドルとかいないの？」

「え、うーん……昔はジャニーズとか好きでしたけど、最近はちょっと離れちゃってて……。染川さんは？」

「私はアイドルよりバンドとか顔出ししてない系の歌い手とかが好きかなぁ。え、じゃあ伊織ちゃん趣味とかは？　てか、なな子でいいよ」

ふたりの会話が盛りあがってるのを見て、わたしはホッとする。なー子に引かれてはないみたいだ。

「えっと……小説……かな。読むのずっと好きで…」

恥ずかしそうに、伊織が言う。わたしの前では平気で読んでるくせに。

「へぇ、そうなんだ！　オススメないの？」

「あ、さっき読み終わったんですけど」

そう言って、前抱えにしていたリュックから分厚い文庫本を取りだし、なー子に差しだす。

本の表紙には日本画の鶴みたいな鳥が描かれている。そこに赤い字で〈赤目四十八瀧心中未遂〉というタイトルが印字されている。また暗そうな名前の小説読んでるなぁ。伊織くらいだよ、そんなの面白がって読むの。なー子がそんなの読むわけないじゃん。現国の授業中いつも居眠りしてるんだから。

「うわー、へぇ。あかめ…よんじゅうはちたき？」

「しじゅうやたきって読みます」

よんじゅうでもしじゅうでもどっちでもいいよ……。

「そうなんだ！　面白そう！」

なー子の反応にわたしは耳をうたがった。伊織も満更《まんざら》ではなさそうで、ちょっと頬を赤らめながら、

「よかったら貸しましょうか？」と言っている。

「マジで!?　ありがとっ」

そう言うと、突然なー子が伊織に抱きついた。前抱えのリュックを押しつぶし、それでもぎゅうっとするなー子に、伊織は目を丸くしてわたしを見てくる。なぜかわたしまで抱きしめられてるような気がして、脈がはやくなる。目のまえに座っている大学生っぽい男がスマートフォンをいじりながら、ちらっとなー子を盗み見てるのに気づいて警察に通報したくなる。全男子からなー子を守るための法

律があればいいのに。

みずほだいー。みずほだいー、でぇす。

アナウンスが流れ、また電車が止まった。すると、

「あ、ごめん。用事思い出したからここで降りるね！　伊織ちゃん本ありがと！」

なー子は矢継ぎ早に言うと走って電車を飛び出していく。

なにも言えないまま、走ってホームを去っていくなー子を目で追っていると自動ドアがバタンと閉まった。夜の窓には、呆然《ぼうぜん》としているわたしと伊織の姿が反射して映っていた。


それから、部活終わりになー子と伊織、そしてわたしの三人で帰ることが増えた。三人といっても、ほとんど喋ってるのはなー子と伊織。けれど、それでよかった。

あいかわらず教室でなー子と喋ることはない。なー子は別の世界の人だし、わたしと会話することでなー子があらぬ誤解をされたらまずい。例えばそう、なー子とわたしが友だちだとか。

なー子の背中を——小さくて、なで肩で。手を伸ばしたくなる背中を、後ろから見てるだけで充分だった。だった。だった、のに。

その日。朝から雨が降っていた。

ホームルームで教壇に立った佐々木が、突然言った。

「じゃあ席替えなー。前からクジ引いてって」

一年生のときを含め、クラスに喋る相手のいないわたしにとって、席替えなんかどうでもいいイベントだった。クラスメイトが、「うわ。――ちゃんの隣だっ」と騒いだり、男子が「お前――と近くじゃん。ずりぃな」とこそこそ話したりするのを冷めた目で見ていた。

けれど、いまはちがう。クジによってはなー子と離ればなれになるかもしれない。いやだ。わたしは混乱していた。なぜ、席替えなんかでなー子とわたしが引き離されなきゃいけないのか。心からわからなかった。だいたい席替えなんてなんのためにあんの？

なー子のクジを引く番が来る。

教卓に置かれたクジを引いて、なー子がもどってくる。

次は、わたし。

汗で手がしめっている。プリントの裏紙でできた小箱に、わたしの未来がかかっている。なー子のそばか。それ以外か。息を吐く。小箱に震える手を入れる。これだと思うクジを引こうとして、しめった掌《てのひら》に他のクジがくっつく。迷う。迷って、わたしの後ろに立って順番待ちしている生徒のプレッシャーを感じながら、偶然、掌にくっついたクジを選んだ。拾う神にはなんとやら。そんなことわざなかったっけ……緊張しながら席にもどる。そんなわたしになー子は一瞥《いちべつ》もくれずに肘をついて窓の外を眺めている。もう、梅雨《つゆ》。

「はーいじゃあクジ開けていいぞー」

佐々木の合図で、教室中から喜びや悲しみの声があがる。

わたしは精神を統一する。引いた時点で精神もなにもないのはわかってる。けれど、ゆっくりとその折り畳まれた先の数字を開く。〈37〉と書いてある。ガチャガチャとうるさい音を立て、席の移動がはじまる。わたしは廊下側の一番後ろの席だった。そして。

なー子は教卓の線上、教室の中央あたりの席に移動していく。

雨がいっそう強まってきた。

おっきな雷でも落ちて、こんな学校ぶっ壊れたらいいのに。雷は遠い空の向こうで光るだけ。いつまでもいつまでも、ここに落ちてはこない。


「ねぇ…うち最近なな子がこわいよ…」

学校の中庭にあるベンチで伊織がつぶやいた。

うだるような暑さだった。蟬《せみ》の声がうるさい。いまにも泣きだしそうな伊織の横顔を見ながら、わたしはクーラーの効いた教室にはやくもどりたいと思っていた。蟬の声とまじって、昼休みを精一杯満喫しようと騒ぐ男子の遠吠《とおぼ》えが聞こえてくる。

「昨日ね、ツジプが別れようって。急に。いや、ほんとは急にじゃなくて、ちょっと前になな子となな子の彼氏とダブルデートした後から変な感じになって……で、昨日別れようって。絶対なな子のこと好きになったんだよ。なな子にツジプ盗られたよぉぉぉ」

そこまで話すと、伊織は手で顔を覆いわたしの膝に泣き崩れた。伊織の夏の制服の脇には汗のシミができている。伊織じゃなー子に勝てるわけないじゃんと思う。てかツジプってなんだよ。振られたんならもとの辻村《つじむら》に呼び方もどせよ。

こめかみに伝う汗の滴を拭って、ぬるくなったペットボトルのカルピスを飲む。水分をとってるのに喉が渇いて、余計にいらいらしてくる。伊織の涙か汗で、わたしの膝が湿ってきて気持ち悪い。

伊織は欲しがり過ぎだ。辻村のことが好きならそれだけでいいじゃん。べつに別れて、彼氏じゃなくなったとしても、その人が同じ学校にいてくれるだけでいいじゃん。元気にしてればいいじゃん。それが大切な人を想うってことでしょ。

「伊織は辻村のこと、彼氏じゃなくなったら好きじゃなくなるの?」

小刻みに揺れていた伊織が固まる。ゆっくりと顔をあげた伊織の瞳は、泣いてたはずなのにすっと乾き、冷たく、わたしを見据えている。

「どーいう意味?」

「いや、だから。べつに別れても、伊織が辻村のこと好きならそれで……」

「わかんないよ!」

わたしの言葉を遮り、伊織は短く叫んで立ち上がった。

「だれとも付き合ったことない奴になんか、わかんないよ!」

そう言って、伊織はベンチに座ったままのわたしを見下ろす。でも。じゃあ、なんで。付き合ったこともないわからない奴に相談してきたのは、そっちのほうだ。

「もう、いい」

吐き捨て、伊織は背中を向けた。

「あんたら、なんかこわいよ」

伊織の猫背が遠ざかっていく。ちょうど、昼休みの終わりを告げるチャイムが鳴る。

「あんたら」、と伊織に言われた。

なー子とわたしを一括《ひとくく》りにしてもらえて、わたしは泣きそうだった。


よーい、ハイっ！　よーい、ハイっ！

部員たちの練習熱は、夏の暑さを追いかけるようにあがっていった。

なー子は全国大会に出場とまではいかなかったものの、インターハイの県予選２００メートルで決勝まで進み25・７１秒という好タイムを叩きだした。それをきっかけに、一気に女子陸上部全体が活気づいた。決勝まで進んだのはなー子だけなのに。

運動が苦手なわたしには、その部員たちの集団心理がよくわからなかった。

国体の県予選は、来週に迫っている。

要領のわるいわたしでも、ようやく練習器具を並べたり、水分補給のためウォータージャグを準備したりするのにも慣れてきた。ただ部活に対し、なー子の近くにいるため以外にやる気はない。そのせいか、あいかわらず厚木先輩にはよく叱られている。

はやく引退すればいいのにと思うけれど、それも国体予選が終わるまでの我慢。先輩がいなくなったら、ようやく堂々とビデオカメラでなー子だけを撮り続けることができる。後輩ができたら、面倒なことは全部やらせればいい。

トラックの外周でアキレス腱《けん》を伸ばすなー子を眺める。伊織がわたしたちに絶交宣言をして以来、なー子と一緒に帰ることはなくなった。なんで？　せっかく、邪魔者もいなくなって二人で帰れるのに。胸の奥で、ずっとなにかがうるさく反響していた。

なー子はまた遠くなって、なー子の世界からわたしが消えていく。

厚木先輩がストップウォッチを握りしめ、ランナーたちのタイムを叫んでいる。グラウンドの反対側は蜃気楼《しんきろう》でぼうっと揺らめいている。鳴いてるのは蝉。けれど、この胸の奥で反響してるのは蝉じゃない。そんな一週間やそこらで死んでしまう虫の鳴き声とは全然ちがうもの。大してうごいてもないのにだらだらと流れる汗をタオルで拭く。

だれが見てるでもないが、グラウンド脇に置いたウォータージャグの蓋を開けて覗き込む。まだ中身はたっぷりあった。だけどわたしは首をかしげてみる。

あれぇ、けっこう減ってるなぁ。と、ひとり白々しくつぶやいてみる。

「よん！　ごー！　ろく！」

厚木先輩は飽きることなく大声でタイムを測り続けている。それを背中で聞きながら、わたしは小走りになってグラウンドから離れ、部室へと向かう。

がらがらと建てつけの悪い扉を開けた。

だれもいない部室は、夏でもひんやりしてて気持ちいい。

電気のスイッチを押す。だいぶ薄まってはいるけど、やはりシーブリーズの匂いが室内にこびりついている。蝉の鳴き声や他の部活の練習する音がくぐもって聞こえてくる。手を使わずにグラウンドシューズを脱いで先を急ぐ。

わたしの体重のせいで、木製の床が軽く軋《きし》む。ヴァームウォーターの粉を仕舞った棚の前を過ぎ、部室の奥へと進んでいく。心がはやって、しずかに唾をのむ。

手を伸ばした先にあるのは、〈染川七子〉とプレートに書かれたロッカー。

取っ手に指をかけるとカチッと音が鳴った。外扉の内側には小さな鏡があって、そこには本物より二倍ほど目が大きくなった、なー子と伊織二人で写ったプリクラがなぜか貼ってある。ピカピカした〈なぁ&いーしか勝たん〉の文字。高校の制服か陸上用ウェアしか見たことのないなー子が、淡い水色のワンピースを着て笑っている。一度も、わたしには向けてくれたことのない笑顔。それが愛《いと》おしくて、わたしにも欲しくて、さっきから鳴っている胸の奥の反響がどんどん大きくなっていく。

ハンガーには、皺《しわ》ひとつない制服がかけてあった。白い半袖のブラウスに臙脂《えんじ》色のリボン。ブラウスの内側で、ネイビーのチェック柄をしたスカートが透けている。

わたしはハンガーごと制服を手にとってみた。

まだ名前を突き止められてないなー子の香水の匂いがふわっと香り立って、すぐ目の前になー子が立ってるような錯覚を覚える。匂いってすごいな。

「ねぇ」

そう、声を出した。

なー子。わたし、あなたをはじめて見たときから変になっちゃったよ。ずっと、ずっとね、ひとりで平気だと思ってた。クラスに友だちなんかいなくても、一日中だれとも話さなくても、ぜんぜん平気だった。なのにね。なー子が転校してきて、全部が変わったの。モノクロだった世界に色がついた感じ。なー子がいたら、ぺたんこな胸の奥が騒いで、ちょっとだけちくちく痛くて。だれかと楽しそうにしてるなー子を見ると、たまに泣きそうになる。悲しいのとはちがうの。ずっとこのまま幸せに生きて欲しいなって思う。でもちょっとだけ寂しいのかな。やっぱわたし変だよね。けどいいの。なー子とわたしがこの世界で交わることなんてないのは知ってる。それでいいの。他人の彼氏を盗ろうが、わたしの幼馴染に嫌われようが、なんでもいいの。ただすこしでも傍《そば》にいたいだけ。それもわがままだよね。キモいよね。ごめん。でもね、ちょっとだけ。ほんのちょっとだけ、妄想したりするんだ。なー子とわたしがプリクラ撮ってはしゃいでるとこ。二人で海に行って、泳いでるとこ。なー子の部屋はどんな感じなんだろうか、どんなベッドで寝てるのかな、とか。

なー子のこと、心のなかだけじゃなくて、面と向かって「なー子」って呼んでみたいよ。席替えのせいで離ればなれでさびしい。もっと近くでなー子を感じたい。こんなこと、わたしなんかが考えちゃって、ごめん。ごめんね、なー子。

ゆっくり、なー子の制服を顔に近づけていく。

いつの間にか頬が濡《ぬ》れていて、自分が泣いてることに気づく。なー子の匂いが、感じるはずもない体温が、わたしに迫ってくる。せめてなー子の抜け殻くらい抱きしめたかった。汗と涙で汚さないよう、そっと抱きしめてみたかった。なのに。

「ねぇ」

右肩に、手の乗った感触があった。

なー子――。

振り返ると、立っていたのは化け物でも見つけたような目をわたしに向ける、厚木先輩だった。


職員室へ連れていかれ、佐々木と生徒指導の教師に「他人のロッカーを開けてなにをしていたのか」「なにか盗もうとしていたのか」とくり返し訊《き》かれたが、答えられなかった。実際、自分でもなにをしようとしていたのかよくわからなかったから。

職場から飛んできたお母さんは何度も何度も教師たちに「すみません」と謝っていた。家に帰ると、頬をはたかれた。痛いより、なんだか懐かしい感じがした。幼い頃は、悪いことをしたらよくこうやって叱られてたな。そんな記憶が蘇《よみがえ》って自然に「ごめんなさい」という言葉がこぼれた。

わたしは一週間の停学処分となった。ベッドに転がってジウの配信ライブを見た。マンガを読んだ。お母さんから、〈赤目四十八瀧心中未遂〉の文庫本を買ってきてもらった。

「あんたそんなの読んで大丈夫なの?」

半ば本気で訊くお母さんに、わたしは「心中なんてしないし」と答えた。というか、仮にしたくてもわたしと心中してくれる人なんか、いない。

その本を読むのに、五日かかった。

なー子はちゃんとすべて読み切ったのだろうか。長いし、古い本だし……どうせ読んでないような気がした。小説に出てくるアヤちゃんという女の人は、どこかなー子に似ていた。

「うち、月と雷が好き」

そうひとり言ってみた。アヤちゃんもきっと、可愛い人だったんだと思う。

日曜日。昼前に目が覚めた。

両親は弟のサッカーの試合を応援するため、すでに家からいなかった。

リビングにいくとラップのかかった唐揚げと卵焼き。そして逆さにおかれた茶碗が置いてある。それらに手をつけず、冷蔵庫から麦茶を出してグラスに注ぎ、ごくごく飲んだ。

自分の部屋にもどりティーシャツとハーフパンツに着替えると、キャップを目深にかぶる。


二回電車を乗り継いで、わたしは上尾にある陸上競技場に向かっていた。

着く頃にはぐっしょり汗をかいて、ティーシャツが身体《からだ》にへばりついている。

歓声が、競技場の外まで聞こえてくる。

同じ学校の人たちに見つからないよう、わたしはこそこそ中に入った。南側の、青々とした芝生敷きのバックスタンドに腰をおろす。白いコンクリートで覆われた三階建てのメインスタンドでは、各校の応援団がうねってうごき、横断幕を掲げて大声で叫んでいる。

空には雲ひとつない。

つよい日射しが容赦なくすべてを照らし、勝手に目が細まる。

と、突然あたりがしずまった。

代わりに蝉の鳴き声が競技場にこだまする。ハッとした。西側の第三コーナーに視線を移すと、斜めに並んだ選手たちがすでにスタートラインへと着いている。

そのなか、わたしはなー子を見つけた。黄色い学校のユニフォームを着たなー子は、その白い両手と、ほのかに赤らんだ膝を地面につける。

セ……ッ。

アナウンスの声が鳴る。そして静寂。

選手たちの引き締まったお尻がすうっと上がる。

パンッ！

耳をつんざくピストルの音。と同時にスパイクがスターティングブロックを蹴って一気に加速し走りだす。

いけぇぇぇ！　頑張れぇ！

蘇った歓声は、ひとつの、大きな波となって選手たちが走るトラックへと降りそそぐ。斜めでスタートした選手たちの差は途中で収縮し、ちょうどわたしのいるスタンドの線上で、アウトレーンとインレーンの走りが並ぶ。

第四レーン。なー子はその脚で地面を踏みしめ、その腕で世界をかき分け、走っていく。だれよりもはやく走っていく。

「なぁぁこぉぉっ！」

わたしは立ち上がり叫んでいた。

なー子の名前を、必死に、精一杯叫んでいた。

陸上とか国体予選だとか、そんなことはどうでもいい。なー子を。なー子が進んでいく先に向かって、声を張りあげる。

ゴールラインをはじめに切ったのはなー子だった。他の選手も次々ゴールし、競技場内の歓声がいっそう増していく。息を弾ませたなー子は、しかし立ち止まらずにレーンを歩いている。光を浴びたその背中が、ゆっくり遠くなっていく。

わたしのすべてが、なー子ならいいのに。

ねぇ。なー子。こっち向いて。気づいて。わたしここにいるよ。

一回ぐらいふり返ってわたしを見てよ。

三つ、数えるから。

さん……にぃ……いち……いや。

やっぱり六つ。ろく……ごぉ……よん……さん……。いや――。

満たされない、
満たされない
満たされない、のは、
フィーリング

スペクトラム

こうやって
二人で歩いた時間は
あたしの記憶のなかで
いつまでも光ってるんだと思う

いつの日か
この光を心の分光器で見返したら
どんなスペクトラムとなって
あたし自身に映るんだろうか

大事なものこそ
すぐそばに

でもそれは
当たりまえ過ぎて
目には見えない

なんか
忘れてから初めて気づく
忘れ物みたいだ

また一本、映画が終わった。

いつも丸いサングラスをかけている殺し屋が、ある天使のような少女を救うため、殺されて終わった。ひとり助かった少女は、殺し屋から受け継いだ観葉植物を地面に植え移して終わった。死んだ殺し屋にとって少女は天使だったのか、悪魔だったのか。水色のエンドテロップがスクリーンに点滅している。

ポップコーンの塩と油で汚れた右手をさっと払って、あたしはひとり席を立った。

まだ暗く足元のおぼつかない劇場内の通路をひっそり歩く。

背後で流れている映画の主題歌は、いつかどこかで聴いたことのある曲だった。けれど、曲の名前は知らない。映画のタイトル、スペース、主題歌で検索すればすぐにわかる。でもきっと、あたしがそれを検索することはないだろう。

外に出ると、映画館のくすんだ白いタイルの外壁がすっかり夕陽《ゆうひ》に染まっていた。

伸びをする。高校の制服の裾がずりあがって、ちょっとお腹《なか》が出る。電線にはカラスが三羽とまっている。かぁ、と鳴きもしないで熱心にその硬そうな嘴《くちばし》で毛繕いをしている。

先生はこの映画を観てなにを思ったんだろう。先生のインスタを開く。

デフォルト設定のままのアイコンの下、ずらっと並ぶ先生の観た映画のポスター写真の画像。その履歴を追って、観たら「いいね」を押すのがあたしの習慣だった。ちなみにあたしはことさら映画が好きなわけじゃない。たぶん人並み。いや、それ以下かも。

このスカラ座で先生が観た映画を、同じスカラ座で追って観る。それが目的で、観終わったあとの自分の感想なんてどうでもよかった。先生がこの映画を観てどう思ったのかのほうがよっぽど気になる。それなのに、先生はインスタになんの感想も書き込んでくれない。ただ、観た映画のタイトルが『』の中に並んでいるだけ。


カーテンを閉め、電気を消した教室に、ぼうっと光の線が灯《とも》る。

「分光器のほう見てみて。ほら、色の構造が水素と変わったでしょ。これを『発光スペクトル』と言います」

先生の言うとおり、分光器から見える光はさっき実験したのと違って、虹色のような線が細くなっている。

「これがヘリウムの発光スペクトルです。原子によってこんなにスペクトルが違うんですよ、面白いですよねぇ」

生徒のだれも、先生に反応しない。正直あたしも、目の前で光っている色が変わったからって、だからなに？　って感じ。けれど暗闇となった教室のなか、教壇に立つ先生の声は弾んでいる。先生は、あたしの通う高校の物理学教師。

「今日のゆたぽん、なんかテンション高くなかった？」

「思ったー。てか実験のときっていつもじゃない？　子どもかっつぅの」

「生徒のほうは全然テンション上がりませーん」

「間違いねー」

えんちゃんと秋《あき》が、廊下を歩きながらだらだら愚痴《ぐち》っている。「ゆたぽん」は先生のあだ名。遊川《ゆかわ》太一《たいち》、から「ゆ」と「た」をとってゆたぽん。だれが言い出したのかは知らない。あたしたちより上の学年の先輩たちからすでに先生はゆたぽんと呼ばれていた。

「よくあんなのちゃんとメモってるよねぇ」

呆《あき》れたように秋に言われ、あたしは「まぁ一応、授業だし」と答える。

「いや瑠音《るね》……あんた古文の時間めっちゃ寝てんじゃん」

えんちゃんに肩を叩《たた》かれ、たしかに。でも、だって、先生の授業は特別だもん、とは言えず「うっせーなぁ」と適当にツッコんでおく。

たぶんあたしの人生で活用することなんてない「発光スペクトル」。

そんな言葉より、もう四十になるというのに実験で目を輝かせている先生の弾んだ声を、ほんとは抱きしめたかった。ずっと聞いてたかった。

けれどそれはできないから、あたしは先生の言葉を一語一句ノートに書き写すのだ。


思い出。もう先生のことを意識してしばらく経《た》った頃のこと。

物理学の授業のあとだった。実験室に忘れものをしてひとり取りに戻った。その日の物理学は六限だったから、もう放課後になっていた。

部屋に入ると、電気が消えていた。うっすら暗くなった部屋にカーテンの隙間の数だけオレンジ色をした西陽の線が射《さ》していた。座っていた席へとぺたぺた上履きを鳴らしながら近づいていく。机の下の棚を手で探ってみるが、ない。あたしの大事な大事なノート。じわっと背中が熱くなる。あれを、ノートの中身をだれかに見られたらどうしよう。

「あ」

不意に声がして身体《からだ》が凍りつく。ゆっくり振り返ると、教壇の下からひょっこり頭だけが出ている。ぼさっとした頭。一日が佳境を迎えているのに、いまだ寝癖がついている。くいっと眼鏡《めがね》を中指で押し上げ、「なんだ、佐倉《さくら》さんか」と先生はつぶやく。

「忘れものですよね？」

返事が、出ない。動揺するあたしにかまわず先生はこっちにくる。斜めに射した西陽の線が先生の白衣をオレンジに染める。喉はからから。さっき熱くなったはずの背中から冷たい汗が吹き出てくるのがわかる。

「これですか？」

差し出されたキャンパスノート。

それは間違いなくあたしのので、物理の授業用のノートにカモフラージュした、先生の授業中の言葉を、仕草を、細かくメモした観察日記。

「あ、いや、えっと…」

「まだ鍵閉めてなくてよかった」

眼鏡の奥から、穏やかな瞳があたしを捉えている。授業は三十六人中のひとりに過ぎないあたしが、いまは先生の瞳にちゃんとあたしとして映っている。

小刻みに震える手を必死に抑え、ノートを受けとる。先生はくるっと背中を向けると白衣のポケットに手を突っ込んでまた教壇のほうへと戻っていく。

先生。このノートの中身読んだ？

そう訊《き》きたかった。読んで、どう思った？　と知りたかった。

けれど先生は教壇の上に置いていた実験の資料や教科書などを脇に抱えて、

「よし。じゃあ、出ましょうか」とだけ言った。

あたしは「うん」と頷《うなず》いて、だから結局、先生が観察ノートを開いたのかはわからずじまい。


先生を男として見るようになったのはいつからだろう。

一目惚《ひとめぼ》れ、とかではない。だいたいあたしには彼氏がいるし、先生からなにか優しくしてもらったことがあるわけでもない（してはもらいたい）。

もしかしてうちが一人親で、母親しかいないのとか関係あるんだろうか。父親みたいな人を無意識に求めてた……？　などと、夜な夜なベッドで推理を巡らす。が、きっと違う。あたしだってもう十七歳。だったらこれまでも、歳上の男に憧れていたはずだ。教師と生徒との禁断の恋なんて、そんなキャッチーな題材に夢見るほどあたしはロマンチストでもない。ただ、先生を遠くから眺められてれば、それだけで心があったかくなる。頰《ほお》がほくほくしてくる。

「なぁ、今度ふたりで映画いかね？　ほらあの、名前のやつ。君の名前？　みたいな。流行《はや》ってるらしいよ」

部屋の壁にもたれ、パピコをちゅうちゅう吸いながら、道人《みちひと》が言う。道人は高校の同級生で、あたしの彼氏。小・中おなじ学校。これまで五回告られて、六回目で付き合った。正直、そんなにモテるわけでもないあたしのどこをそんなに好いてくれているのかわからない。

「うーん…。べつに、いりば？　ひとりで」

「いやそういうことじゃないじゃん」

道人はふてくされた声で、後ろから抱きついてくる。男って生き物はたまに面白い。言葉と行動が、こうやって真逆なことがある。耳朶《みみたぶ》を唇で噛《か》んでくる。道人の唇は坊主頭のある野暮ったい顔には似合わず、やわらかくていい。

パピコのコーヒーの匂いがする。匂いはいつの間にか味となって、道人の舌からあたしの舌へと伝染してくる。途中、かちっと歯と歯がぶつかる。

あたしたちはまだそんなにキスをし慣れてなかった。けれど、キスするのは好き。だって気持ちいい。あたしは道人を「好き」なのか、よくわからないけれど、道人があたしのことを好きなのは確かで。それだけで甘い気分になれる。なんだか寂しいとき、ひとりじゃないと思える。

遠慮がちな手が胸のあたりに伸びてくる。それをそっと掴《つか》んで、ぎゅっと握る。

「俺ら、もう、そろそろよくない……？」

道人の目は、餌を欲しがる犬のようだ。買ってきたのだろう、これみよがしに置いてあるコンドームの箱には今日道人の部屋に入ったときから気づいている。

「うーん。それよりもっと、キスしたい」

そう、欲望を躱《かわ》す。こうやって道人をからかうのがいつからか癖になっている。道人の生ぬるい吐息が宙に舞う。その物欲しそうな目を、手のひらで優しく閉じてあげる。

あたしはあたしの好きなやわらかい唇を食べながら、先生もだれかとこういうキスするんだろうかと考えている。


親が帰ってこないうちに道人の家を出ると、歩きながら先生のインスタを開いてみた。

まだ更新はない。先生が観ていて、あたしが観ていない映画はまだたくさんある。今週は『あの頃ペニー・レインと』という映画を観るつもりだ。はやくいかないと。旧作の映画は上映期間が短い。

先生のインスタのアカウントを見つけたのは秋だった。

朝、ホームルーム前。たぶん前日から直接言いたくて我慢してたのだろう、秋は教室に入ってくるやいなや、えんちゃんとわたしを捕まえて自分のスマホを見せてくる。

「まじウケるよね、鍵もかけてないし」

なにがウケるのかわからなかったが、とりあえず「ウケるー」と声を出す。なによりまず、秋からアカウントの名前を聞きだすのが先決だ。

「え、ちょ、ちゃんと見してー」

秋のスマホをやんわり奪い取った。画面を見て、全神経を集中させアカウント名を覚えるつもりだったのに、意表を突かれ吹き出しそうになる。しっかり、「遊川太一」と実名で登録しているのだ。

「マジさぁ、教師が実名でインスタやってるとかやばくない？　さすがゆたぽんだよね。なんとかリスクみたいなの全然考えてなさそう」

手を叩いて笑う秋。でもそういうところも可愛《かわい》いんだよなぁ。だがそれ以上にあたしの目を引いたのは投稿内容だった。ずらっと映画のポスターばかり並んでいる。

「まさかのゆたぽん、映画オタクでしたぁ！」

いっそう笑う秋。

「あれ、てかここあそこじゃない？　川越の……あの昔からあるやつ。あ！　スカラ座」

あたしが適当にタップした投稿写真を後ろから覗《のぞ》き込んで、えんちゃんが言う。

「ほらこのポスターの横のタイルな感じ」

秋も一緒に画像を覗き見るが、

「いや全然わからんし」とぼやく。

「うちの親、映画つくってる会社で働いてるからさぁ。映画好きで、むかしよく連れてかれたんだよね、ここ」

なぜかちょっと恥ずかしそうに言い訳するえんちゃん。

「へぇー」と相槌《あいづち》を打っていると、担任の佐々木が入ってきた。

「はーいみんな席ついて。今日からこのクラスに、ひとり転校生が加わります」

その言葉を合図に、ひとりの女子が教室に入ってくる。「はじめまして、染川七子《そめかわななこ》です」転校生の挨拶《あいさつ》を聞き流しながら、あたしは心のなかで「グッジョブ秋！」と叫んでいた。視線だけ一列前、斜め右の秋の背中に向けてみたが気づくはずもない。あたしはポーカーフェイスを装いつつ、机の下で、遊川太一とインスタの検索枠に打ち込んだ。


週末。昼になるすこし前まで寝ていた。

やっとベッドから身体を引き剥《は》がす。生理中はいつも辛《つら》い。

半身を起こしてぼうっとする。乱れた前髪をかきあげる。天気がいいらしい。カーテンの隙間から射し込む光のなかで、ちらちらときらめくものがある。

宙を舞う埃《ほこり》。じーっと眺めていると、その埃ひとつひとつがすべて生きてるんじゃないかと思えてくる。

みんな、頑張って飛んでいる。

地面に落ちたら死んでしまう可哀《かわい》そうな生き物。

それらは海をただようクリオネみたいで、可愛くてグロテスクで、抱きしめてあげたいけれど小さすぎて人間には抱きしめられない。

スマホを見ると、道人から「なにしてんの?」とＬＩＮＥが来ていた。

あたしは返信せず、起き上がるのと同時に画面を伏せてベッドへと放った。シャワーを浴びて、映画を観にいかなければ。


今日の映画は『恋する惑星』だった。先生はショートヘアの女の子が好みだろうか。もしあたしが、劇中のフェイみたいに偶然、先生の家の合鍵を手に入れたらなにをするだろう。日に日に忍び込んで先生の生活を感じ、でもやっぱり気づかれたくて、ちょっとずつ家具の配置を変えてみたりするんだろうか。

スカラ座を出て道人へＬＩＮＥを返すと、すぐにスマホがブブッと震える。

——部活終わってちょうどコンビニ寄ってたとこ。会える?

なにが「ちょうど」なのかわからなかったが、あたしは「うん」と二文字打って送信した。道人はサッカー部の補欠だけど、練習だからレギュラーも補欠も関係なく汗をかいてるだろう。汗臭くないといいな。

大宮駅で一時間後に道人と合流した。髪からはシャンプーの匂いがした。

あたしたちはルミネとアルシェの中をぷらぷらして、なにも買わずに帰った。そういえば来月は道人の誕生日だった。というのを、道人と別れて気づいた。

なにが欲しいとか探りをいれとけばよかった。

家に帰ると、キッチンの棚にパイナップルの缶詰があった。なにか運命的なものを感じ、あたしはそれをひとりで平らげた。

甘ったるすぎて、ほんとは輪切りの二つめでもう飽きていたけど。

『ファイト・クラブ』
『マイ・バック・ページ』
『セッション』
『ジョジョ・ラビット』
『きみの鳥はうたえる』

先生がインスタにアップしている映画のタイトルは、脈略がなかった。『ゴッホ　最期の手紙』『荒野にて』『聖の青春』『グレート・ギャツビー』。

時代もテーマもばらばら。強《し》いていうなら、あからさまなハッピーエンドの映画はほとんどないところが共通点かな。なのに、近頃はなんだか変だ。

よくわからないけど様子がおかしい。

実際にその映画を観てるから、感じるのだろうか。先生の投稿画面に並んだ映画のポスターをスクロールしていて、その変化に気づいた。気がした。

『燃ゆる女の肖像』

『南瓜とマヨネーズ』

『レオン』

『あの頃ペニー・レインと』

『恋する惑星』

先週は、『あと1センチの恋』という映画をアップしている。先生の趣味が変わった？　いや、でもじゃあ、どう具体的に変わったのかまではうまく説明できなかった。

しばらくスマホの画面とにらめっこ。うーん、なんだろう。この違和感を、モヤモヤを突き止めるためにも、はやく『あと1センチの恋』を観にいかなければ。

蝉《せみ》がうるさく鳴いている。ようやくじめっとした梅雨《つゆ》をやり過ごしたと思ったら、すぐに夏が来て毎日うだるように暑い。道人のやつ、よくこんな温暖化の進んだ地球上で必死に球を追いかけ回せるよな。しかも補欠で。

そんなことを思いながら、中間テストで赤点をとった古文の補講を受けるために教室に残っていた。あたしの他にもうひとり、海野《うんの》さんというこのクラス一の陰キャがいる。海野さんとは喋《しゃべ》ったことないし、なに考えてるのかよくわからない。ずっと机に突っ伏して、話しかけるなオーラ全開だし。だから話し相手もいなくて補講が始まるまで暇でしょうがない。

うーん。

『あと1センチの恋』はどんな映画なのか。ネタバレサイトを読みたい気もするが、それを読んでしまったら違うようにも思える。これまで先生が観た映画をわざわざ追って観ていた時間のすべてが崩れていってしまう気がする。

グラウンドから聞こえる運動部のかけ声。吹奏楽部が鳴らすフルートの音色。そばの中庭に生えている植木の葉がさらさらと揺れている。

スマホが震える。えんちゃんからのＬＩＮＥだ。

——ちゃんと補講受けてる？

——まだ始まってもない（笑）

——そっか（笑）あのさ、今週末って暇？

ちょっと考える。暇といえば暇。けど、あたしは『あと１センチの恋』をはやく観なきゃいけない。適当な断り文句を返信するまえに、重ねてえんちゃんからＬＩＮＥが届く。

——うちと彼氏とダブルデートしない？

や、と文字を打とうとした親指が止まる。えんちゃんの彼氏はたしか大学生で、いつかあたしに会わせたいと言っていた。秋はこの前振られたばっかだしさぁ、三人一緒のときだと彼氏のこと話しづらいんだよねぇ。ほんとはみんなで一緒にデートとかできたら楽しいのに。

二人でトイレにいったとき、えんちゃんがそう言ってたのを思い出す。あまり気乗りしないけど、断るのも気が引けてくる。

ちょっと迷って、文字を打ち込んだ。

——道人が部活なかったら、いいよ。

そのとき教室の扉が開いた。

古文の担当教師が「遅れてごめんねー」と言いながら、補講用のプリントを配る。この前のテストで出た問題について教師が話しているのを眺めながら、思う。

あたしと先生も、あと　センチで届く恋ならいいのにな。

週末、道人とあたしは電車に揺られていた。雨が降るかもしれないという予報だったが、見事に晴れた。窓からの透明な光が眩《まぶ》しい。つんと跳ねた道人の短い髪は、たぶんワックスかなにかのつけすぎで顔を動かすたびに日差しに反射しキラキラしている。

えんちゃんたちとは駅の改札で落ち合った。いつも制服しか見てないえんちゃんの、黄色のワンピース姿はどきっとするくらい可愛かった。あたしはＶＡＮＳのティーシャツにジーンズというラフ・オブ・ラフ。さすがにもうちょっとオシャレすればよかったかも。

えんちゃんの隣で俯《うつむ》きがちに男が立っている。

「こんにちは」

あたしは言ってみた。

「こんにちは」

やっぱり俯いたまま、男は言った。

「ごめんごめん、こいつコミュ障でさぁ。彼氏のコウヤ。道人くんも来てくれてありがとねぇ。部活サボったんでしょ？」

くすっと笑うえんちゃん。道人は「いや……え、なんで知ってんの」と慌てる。

「いい彼持ちましたなぁ、瑠音どの」

お主も悪よのう風にふざけるえんちゃんに「まぁ……」と答えながら、部活を頑張る彼氏と、デートのために部活をサボってくれる彼氏。どっちがいい彼氏なんだろうと思う。まぁ、女にとっては自分のために部活をサボってくれる彼氏なんだろうなぁ。

相手に対する好きの濃度とかではなくて、結局そういう「特別」の濃度が欲しい生き物なのだ、うちらは。だからあたしは道人と付き合ってるわけで――たぶん。

「じゃあ、いこう！」

えんちゃんが選んだのはベタに、所沢にある遊園地だった。すぐそばには多摩湖がある。多摩湖はグーグルマップで見るとムカデみたいな形をしている。

入場券を買ってゲートをくぐると、遠くで赤い観覧車がそびえている。土曜ということもあり、園内は想像以上の人出で賑わっていた。子連れの家族が多い。

自分もいつか、ああやって子どもを連れてここにやって来る日があるのかな。っていうか、結婚できるのかなあたし。考えただけで立ち眩《くら》みそうになる。

道人は能天気にさっき買ったソフトクリームを美味《おい》しそうに舐《な》めている。「いる？」と訊かれ、「いらない」と断った。隣でえんちゃんはコウヤくんと仲睦まじくソフトクリームを分け合って食べている。道人も、そうやってTHE恋人っぽいことをしたかったのかもしれない。正直、ひとくちだけ食べたかった。あたし、なにがしたいんだ。

「ゴジラ・ザ・ライド」「ふしぎ駄菓子屋」「アトムの月面旅行」「レオとライヤの夕日列車」。どれも個性的なネーミングセンスのアトラクションを四人で巡っていった。メリーゴーラウンドは「メリーゴーラウンド」という名前だったのが逆にウケた。

絶叫系のアトラクションはコウヤくんが臓器に悪いと言って乗らなかったので、三人で乗った。前の席にひとりで座ったえんちゃんが、地上から見上げているコウヤくんに一生懸命手を振っているのが愛らしい。

最後に展望塔にみんなで登った。夕陽に染まった富士山がくっきりと見える。

関東平野はのっぺりどこまでも広がっていた。その景色にあたしは息を呑んで感動した。

急に、この時間がずっと、続けばいいのにと思った。

けれどそれは言葉にせず、電車に揺られて帰った。

道人が家の前まで送ってくれた。

「楽しかったね」と言うと、道人が黙って唇にキスしてきた。

「今度は、ふたりで映画観にいこう」

道人はそう言って、手を振った。

曖昧《あいまい》に笑ってあたしも手を振って別れた。

それからしばらく、コピー&ペーストをくり返すような日々が続いた。

気づけば明日から夏休み。その間、一緒に古文の補講を受けた海野さんが停学処分になった。理由は知らない。煙草《たばこ》でも吸ったのだろうか。遊園地にいったことは秋には内緒にしている。たまにえんちゃんが「またいこうね」とこそっと耳打ちしてくる。

あたしたち生徒は体育館に集められ、夏休み前の校長の訓示を聞かされていた。体育館はクーラーがないから嫌いだ。玉のような汗をかいてつまらない話を聞く訓練。こんなに眠たくなる話を延々しているのはわざとなのか？

「そしてここで、皆さんにお知らせがあります」

校長がにやついて全校生徒を見渡す。そして視線を流し、体育館の端で並んで立っている教師たちのほうへと目を向ける。

「ゆかわせんせい、どうぞ」

ゆかわ。遊川？　突然のその呼び出しに、あたしは動揺を隠せない。名前を呼ばれ、先生はすごご恐縮したように校長が立つステージへと向かっていく。

え、なに。このタイミングでのお知らせなんておかしい。転任？　先生、どこかにいっちゃうの？

さっきまで気怠《けだる》かったはずの心臓が一気にフルスロットルで脈を刻む。

先生はぎしぎし鳴るステージまでの短い木の階段を踏んで壇上にあがった。校長が真ん中に、と手でマイク前を指すが「いやいや」と首を振っている。校長が憎らしくなってくる。先生嫌がってるじゃん。これからなにが始まるのか知らないけど、はやく先生の定位置に戻してあげてよ。べつに

「お知らせ」なんていらないよ。

「えーっとですね」

仕方ない、という風に校長がマイクから言葉を発する。

「せっかくのこのタイミングなのでね、皆さんにお伝えしようと思いまして」

ぐっと握った手に力が入る。汗が、やけに吹き出す。滴が額から頬へと伝い、板張りの床に落ちて弾《はじ》けた。

「このたび、遊川先生がご結婚されることになりました」

えぇ！　とどよめきが生まれる。後ろの生徒たちの「ゆたぽん彼女いたんだぁ」と半笑いで喋っている声。が、あたしの三半規管に吸い込まれて高音に変換され、キーンと鳴り響く。

結婚？　先生が？

校長に促され、体育館中から拍手を受ける先生。

やっぱり寝癖がついたままの頭をかきながら頭を下げている。

「お相手はどんな人ですかぁ!?」

どこかのお調子者がステージに向かって叫ぶ。笑い声が起こる。

「あぁ、えっと……」

マイクを手渡された先生はすごすご言う。

「や、優しい人ですね。はい。僕と結婚するぐらいですから、ね」

また生徒たちからの笑い声。「ゆたぽーん！」と三年生が並ぶ列から声がして、方々でゆたぽんコールが始まる。

「どんなデートするんですかぁ」

あ、やめてっ。と思った。鼻の奥がツンと沁《し》みて、踏ん張って涙をこらえた。

先生が困ったように笑う。

一瞬校長のほうを向いて、頷きを得ると仕方なさそうにマイクへと口を近づける。喉仏がかすかに動き、もうすぐ先生の言葉が出る。

聞きたくない。話さなくていい。もういい。隠せていない嬉《うれ》しそうな顔、しないでよ先生。

「よく映画を観にいきますね。僕も向こうも、映画が好きなもので」

その瞬間、涙がぼたぼたと落ちてきた。必死に足の指先に力を入れる。でもそんなことで涙は引っ込んでくれなくて、喉から出したくもない嗚咽《おえつ》が溢《こぼ》れる。身体の芯が震える。

あたしの異変は、すぐに近くの生徒にバレる。

「どうした？　気分悪い？」

小声で様子を窺《うかが》ってくれるクラスメイトに返事ができない。大丈夫、と言いたいのに声にならない。だって、大丈夫じゃないから。

前方に並んでいた秋とえんちゃんが駆け寄ってくる。

あたしの肩を抱いてくれる。

「保健室、いこ」

二人に促されるまま、あたしは体育館を後にする。体育館中の静まった視線が背中を刺してくる。

きっと先生も、道人も、あたしの背中を見ている。

恥ずかしい。辛い。消えたい。

先生のハレの舞台を台無しにしてしまった。だいたい、なんであたし泣いてるんだろう。

そう思うと、余計に涙が溢れる。

最悪。


ただの片想いのはずだった。

結ばれたいとか、大それたこと一度も願ったことはない。考えたこともない。

なのに、あたしはあたしを抑えきれなかった。

先生はずっと、だれのものでもないと思ってたんだろうか。

だれのものにもならないことを期待してたんだろうか。だとすれば、それは強欲だ。だれのものにもなって欲しくないなんて、立派な所有欲だ。


夏休みをずっと塞ぎ込んで過ごした。一人でいたかった。あたしは学校でさぞ笑い者になっているだろう。そう思うと、また気が沈む。

スカラ座に映画を観にいくこともなくなった。このシートに座ってせんせーは映画観てたのかな、とか思っていた自分がどうにもバカらしくなってしまった。結局、『あと1センチの恋』は観ず終《じま》いだった。なんとなく、今のあたしこそ観るべきなような気もするが。いかに。


道人から、サッカーの夏季大会は二回戦敗けだったと連絡がきた。試合出れた？　と聞くと一回戦でレギュラーのひとりが故障して二回戦はフル出場したと言う。

それで、なんとなく道人に会いたくなって、荒川の堤防沿いで待ち合わせた。

久しぶりに会う道人はさらに日焼けして、心なしか精悍《せいかん》な顔つきになっている。

「黒くなったね」

と言うと、

「瑠音はまっしろだな」と道人は笑う。

「うん。外ほとんど出てないもん」

なんだかキスがしたくなった。

二人でゆっくりと堤防の上を歩いた。入道雲が青い空ににょきっと生えている。それは次第にうすまってその先には鱗《うろこ》のような雲たちが遠く、あたしのいったことのない場所まで延々続いているのだ。

「なんか、ごめんね」

「なにが」

「いや、ほら、終業式の日さ」

「あぁ。べつに」

おっきなシベリアンハスキーを連れたおばさんとすれ違った。河川敷にあるグラウンドから野球の練習をしている声が聞こえる。カンッ、と小気味よい金属音。並んで歩く道人の右手に、あたしの左手の甲が触れた。そのまま握ろうとしたら、躱された。

「瑠音ってさ……俺のこと、好きだったことある?」

太陽の光は七つの色が混ざってるから白っぽく見えてるんです。

空が青いのは、七つのうちの青い色がたくさん空に散らばっているからなんです。

先生が授業で言ってた言葉をふと思い出した。

「……。ごめん」

そう、あたしは言った。誤魔化すことはしたくなかったから。

「結局、一緒に映画観れなかったなぁ」

どこか、懐かしそうに微笑む道人の横顔を見て、どうしてあたしはこんな素敵な人を好きになれなかったのか、悲しくなった。もうこうやってこの人と並んで歩くことはないんだな。せっかくもうすぐ誕生日なのに。この人にプレゼントを渡すことも、ないんだな。


しばらく経って、ひとりで大宮のムービックスまで映画を観にいった。

予告を見て、はじめて自分で観たいと思った映画だった。しかし、内容はまぁまぁ。悪くなかったけど、べつに心に残るほどでもなかった。先生の映画を追いすぎて、いつの間にか目が肥えたのだろうか。

物語の最後、映画のタイトルが表示され、暗転。

エンドロールとともに、この映画の主題歌が流れてくる。

あたしはそっと、目を閉じてみた。

瞼《まぶた》の裏で、カラフルな斑点がじわっと浮かんでは消える。

それは花火みたいだった。ずっと目を閉じていたら、あたしの世界は花火だらけになってしまうのだろうか。そう思ったらすこしこわくなって瞼を開けた。

目の前には、ちゃんとあたしの知ってる世界が広がっている。

つまらないけど、すこしほっとした。

愛されたい、
愛されたい
愛されたいのは
機密事項！

体温はどんな言葉よりほんとうだ

だれかに恋をしている人へ

もしかしたらあなたの恋は
一方通行かもしれない

相手にうまく利用されただけの
実らない恋かもしれない

もう一生恋なんてしない
好きな人なんていらないと
思うこともあるかもしれない

だけど
傷つくことを恐れないで
傷つくことから
逃げないで

私たちは若いのだから
私たちは 傷つくことを忘れたふりして
自分に嘘《うそ》をつきながら生きる老人じゃない
まだ ちゃんと傷つくことができる
だって 私たちは若いのだから

だいじょうぶ
できた傷の裂け目から噴きだす体温を
やさしく抱えていこう

その体温は いつかきっと だれかをあっためる体温
体温は私たちのなかにある

いつだって
私たちのなかにちゃんとある

体温はどんな言葉よりほんとうだ。

疑うなら試してみるといい。私に一度たりとも「好き」という言葉をくれないあの人の腕。抱きしめられて、顔を覆う薄い胸板。私の足をもつれさすとくすぐったい、ちぢれ毛の生えた太もも。そのどれもから匂いを感じる。それを逃さないように私、くっついて離さない。ぎゅっとする。ぎゅっと全身に力を込める。

すると、それは現れる――体温。

あの人からではない。たぶん、それがあるのは自分自身のなかだ。あとはその体温に身を任せればいい。ドント・シンク・フィール。顔に似合わずごつごつと男っぽい手を握る。空気の密度が濃くなっていく。汗がじんわり皮膚からにじみ出てくる。

顔を覗《のぞ》き込んでくるあの人の瞳に、私は笑いかける。そしてキスをする。人の口のなかは気持ちいいなと思う。柔らかな舌を吸う。ちょっとだけたるんだ脇腹のあたりを掴《つか》んで撫《な》でてみる。この時間がずっと続けばいい。私というものが溶けていく。

明日の仕事のことも、余計な思考も、だんだんと溶けてなくなって、ひたすら体温に従う肉体だけがうごいてる。暗く輝く時間がはじまる。

私は、この時間こそを欲しているんだ。

朝なんてずっと、来なければいい。

だけど、朝は必ずやってくる（悲観的な意味で）。

タクシーに乗って家に帰るとき、不思議といろんなことがリセットされてしまったように思えて寂しくなる。空はしらんで明るい。はやくも出勤する人々は駅に向かって歩いている。それを揺れるタクシーの窓から眺める。ぼうっと。

「またね」というあの人の言葉。

さて、いつまでこの「また」は続くんだろうか。

次もあるかな。これが最後かな。

残ってるのはいつも、あの人の匂いだけ。いつの間にか、私の体温は消え失せている。

ＡｉｒＰｏｄｓを両耳にはめ、再生ボタンをタップする。

食べなくちゃ　食べなくちゃ
嫌なこと忘れさせて？
いかないで、ねぇいかないで？
君の体温と、心、臓。

いま仕事で関わっている曲を聴き流す。若者の間ではけっこう人気らしい。

アイ　アイ　アイラブユーと
アイ　アイ　アイヘイチュー
君のすべてがあたしならいいのに

私はちがう。私はそんな欲しがらない。だから――。

あの人と会った翌日の朝はいつもこんな感じ。だったらもう会わなきゃいいじゃんって思いそうにもなるけど、でも、どうせ。

夜になったら、また会いたくなっている。


作家なんて生き物はくそだ。メールの返信は遅い。〆切は守らない。言葉を使う仕事のくせして、当たり前の言語が通じない。基本、コミュ障。あぁ、ふざけ倒している。

そう思いながら担当作家への原稿催促の文章を打ち込んで、メールの送信ボタンを押した。もう今日はいいや。スペックの低い社用ノートパソコンを閉じる。

会社の窓の外はすっかり暗くなっていた。

ここ、編集部のフロアには、すでに人っ子ひとりいない。

なんでこんな仕事してんだろ。そうぼやいてみたいし、実際何度も何度も声に出してぼやいたことはあるんだけど、入社試験で「文芸部志望です」と言ったのは自分だし、エントリーシートにだってびっしりその志望理由を書いたし、それで受かって配属されたときには泣いて喜んだのも私だからしょうがない。と、言い聞かせる日々のくり返し。

「はぁ」

代わりにため息ついてスマホを見る。

ＬＩＮＥのアプリ上に赤い〈１〉の表示。ぱっと心躍ってタップすると、それは二期上の営業部の先輩からのメッセージだった。

——新宿で飲んでんだけど、どう？

既読をつけず、もう一度ため息。

「どう」ってなんだよ、どうって。酒の勢いで一回やったからってこいつは勘違いしている。べつに私はお前のことどうも思ってないし、なんなら身体《からだ》の相性最悪だった。魔が差しただけで一生あなたとやることはありません。私はあなたのことをなんとも思ってません。そう送っちゃえば済むんだろうけど、それを文字として打つことで消費するカロリーがもったいなかった。

とりあえず明日返信しよう。

スマホをバッグに放り、私は編集部を出た。

下りのエレベーターで女性ファッション誌にいる同期の杏菜《あんな》と鉢合わせる。

「うわぁ、遅くまでお疲れー」

「お疲れー。ってそっちこそじゃん」

お互い、三十手前にしての二十二時は「お疲れ」という言葉にぴったりのくたびれた顔をしている。

「まぁねぇ。でもほら、こっちは原稿待ってるだけだし」

「そんなことないでしょ。惜しかったよねぇ、この前の芥川賞。ノミネートされたとき秋ちゃんの担当の作家さんじゃんってわたしすっごい楽しみだったんだよ」

「ねー、いけると思ったんだけど。まぁ杏菜たちみたいにきらびやかな世界じゃないから地味地味の毎日ですよ、こっちは」

「こっちだって地味地味だよー。きらびやかなのはモデルと誌面だけだもん」

というところでチンッ、とベルが鳴ってエレベーターが一階へと着く。

「じゃあ近々飲もーねー」

「飲も飲もー！　絶対ね」

おそらく実行されることのない約束を交わし合い、私たちはエレベーターホールで別れた。ご時世的に閉鎖されまくり、今は一階の隅にしかない喫煙所に向かう杏菜の、もうポケットから煙草の箱を取り出している後ろ姿をしばらく見送り、歩き出す。

そのまま有楽町線に乗ろうと思って、ふとバッグからスマホを取り出した。

いや、「ふと」なんてことはなく、ちゃんと目的があって取り出したんだけど、「ふと」を自分に対して装う。杏菜と鉢合わせてなければエレベーターのなかで「ふと」スマホを取り出してたと思う。

そして、

——仕事終わったぁ。なにしてる？

そうＬＩＮＥしてみる。すぐに既読はつかない。わかってる。

音羽通りの広い都道を、車たちがものすごいスピードで行き交っている。その騒音に紛れてなにか大きな声でも出してみたい衝動に駆られる。

ゆっくり地下鉄へと続く階段を下って、改札を抜けた。

駅のホームで電車を二本スルーする。

次の電車が来たら諦めて乗ろう。今日は家にまっすぐ帰ろう。そう決めたくせ、さらにもう一本電車をスルーし、なにやってんだろ、と自己嫌悪になりかけたところでようやくスマホが震えた。ぽっと心に火が灯《とも》る。

——ひとりで飲んでるよ。くる?

あの人からの返信を確認し、三分待って既読をつける。

——いこっかな。

そのときすでに、私は逆方面行きのホームに立っている。さっきまでは別にいつ来てもいいわと思っていた電車が待ち遠しくて仕方なくなっている。我ながら、なんて簡単な女だろうかと嗤《わら》ってしまうが、でもこういう感情を恥ずかしいと感じる歳ではもうなかった。シンプルにあの人と会えるのが嬉《うれ》しいのだ。気が逸《はや》る。

——いつものとこいるよ。

——わかったー。

「まもなく電車が到着します」とアナウンスが鳴る。ベンチには酒に酔ったのか、眠りこけてうごかないサラリーマンが座っている。私は滑り込んできた電車に乗り、シートに腰掛けるとバッグからコンパクトを引っ張りだした。

目指す先はそう遠くない。

到着するまでに、ミラーに映るこの疲れた顔をすこしでもマシに仕上げねば。


「こんちはぁ」

「あ、いらっしゃい」

そのバーはいつも空いている。ここに来るのも相当な回数になり、マスターは私の顔を覚えてくれていた。そんなちょっとしたことでも気持ちが躍る。

カウンターの隅の席に座っていた精《せい》ちゃんが片手をあげる。手元のテーブルにはハイボールのグラスと煙草の箱、灰皿。そして膝の上で猫が一匹。マスターが飼っている猫だ。

明るいうちはほぼ放し飼いのような状態らしいが、夜になると店に戻ってきて客とじゃれ合っている。特に精ちゃんにはえらく懐《なつ》いていて、私が来るたびに、彼の席のそばで身体をすりつけている。

メス、雑種。名前は「あんこ」。そのくせ三毛猫で別に黒くはない。

精ちゃんの隣に座ってとりあえずビールを注文する。

「おつかれ」

グラスを軽くぶつけ合うと、あんこの長い尻尾《しっぽ》がピン、と立つ。

「今日も好かれてんねぇ」

「そうねぇ。まぁ、マスターより俺のほうが可愛《かわい》がってるからな」

「へぇ」

くすっと笑う精ちゃんに、うらやましい、と続けそうになり、慌ててビールと一緒に言葉を飲んだ。危ない。代わりに「煙草ちょうだい」と言う。一本咥《くわ》えると精ちゃんがライターで火をつけてくれる。

「この前言ってた原稿は、どう？」

「まだ来てないんだよー。まぁ、まだ〆切までもうちょっとあるっちゃあるけど、たまには〆切より前に余裕もって送って欲しいもんですよ」

「大変そうだねぇ。まぁでも、うらやましいよ。編集者って花形な職業じゃん、一般的には」

そう、かな。精ちゃんから出る「うらやましい」という言葉がきゅっと胸に響く。

この人は賢くてずるい人だ。たぶん、さっきの「へぇ」に続くはずだった言葉に感づいていて、わざと私の「うらやましい」を自分の言葉にする。

いつの間にか先回りして、私から私の言葉を奪っていく。

ビールを二杯おかわり。その後、精ちゃんと同じハイボールに切り替える。精ちゃんは私より二つ歳下だけど、酒がつよい。そして冷静。

空きっ腹にアルコールを入れたせいで早くも私は酔いがまわってくる。あんこを自分の膝に持ってこようとして嫌がられ、精ちゃんが笑う。その笑顔につられて私も笑う。

精ちゃんの膝でぬくぬくしているあんこを見てると、自分も猫になりたいと思う。猫になって、そうやって、ずっとこの人の膝の上を占めていたい。

零時過ぎにバーを出た。

「どうする？」

と声がして、私も「どうしよっか」と問い返す。その頃にはちゃんと酔って、精ちゃんの二の腕に自分の腕をからますのも恥ずかしくなくなっている。

「んー」

精ちゃんの住んでいる街は、この時間になるとあまり人がいない。いわゆる下町ってやつで住みやすそうだし、路地裏を探せばまだやっている土着の飲み屋もある。

「じゃあ、コンビニいこっか」

「オッケーそうしよー」

私は明るく言って、ぎゅっと掴んでいる精ちゃんの腕に頰《ほお》をくっつけた。

「コンビニ」は合図。水と、替えを忘れてたのでワンデイコンタクトのお泊まり用洗浄液とケースのセットを買う。精ちゃんはチューハイのロング缶を三本も買った。

本当はまだ飲み足りなかったのだろうか。がさがさとビニール袋を鳴らしながら歩いてすぐのラブホテルへと向かう。精ちゃんは小さく鼻唄を口ずさんでいる。

初めて入ったとき、精ちゃんは「ここ新しくてきてさぁ。部屋めっちゃ綺麗《きれい》なのに高くなくていいんだよね」とこともなげに言ってのけた。私は、内心ちょっと泣きそうになって、以前とあるベテランの女流作家がお酒の席で言っていた言葉を思い出したもんだ。

「この世のほとんどは、だれかの元カレであり元カノだから」

フロントで化粧水と乳液（けっこう品質がいい）をもらい、シンプルなつくりの部屋へと入る。ふたり缶チューハイで乾杯。

でも結局、精ちゃんは缶一本分も飲み切らなかった。

満たされない、満たされない
満たされない、のは、フィーリング、
愛されたい、愛されたい
愛されたいのは機密事項！

思い出。

真夜中の商店街、営業を終えた店の軒先にある椅子《いす》で缶ビールを飲んだこと。

スナックで歌をうたったこと。そのスナックにはスタンドマイクがあって、初めはそこでうたうのは恥ずかしかったけれど、一度うたってしまえば癖になるほど気持ちよかったこと。スナックのママがファンキーで素敵だったこと。

おすすめされた駅近にある鶏白湯《とりパイタン》ラーメンを二人で食べたこと。反対に、私のオススメのお店でうにパスタを食べたこと。どっちも美味《おい》しかった。

ふたり、手をつないで昼間の代々木公園を歩いたこと。

辛いものが食べたいと言ったら、神楽坂にある火鍋屋さんに連れていってくれたこと。

映画を観た。クリスマスイブにピアスを買ってくれた。名字呼びだったのが、いつからか「秋さん」と名前を呼んでくれるようになった。

私が飲みすぎて道端で吐いたとき、背中をさすってくれた。一緒に美味しいコーヒーを飲んだ。もらった煙草を吸った。苦かった。

精ちゃんの住んでいる家には、まだ一度も入ったことがない。


出社すると、担当の作家からメールが届いていた。

――すみません。この数日あまり体調が優れなくて、昨日ついに熱が出てしまい原稿が進んでいません。本当です。ごめんなさい。

メールには添付があって、開くと37・8度をしめす体温計の写真。

あやうくノートパソコンを編集部の窓から投げそうになった。小学生が学校休む言い訳か。舐《な》めている。仕事というものを舐めすぎてるよ、こいつ。

いまのテンションで返信するとよくないと思い、給湯室にある自販機でホットコーヒーを買って飲んで気を静める。と、文芸部の部長がやってきて、

「さっきすんごい顔してパソコン睨《にら》んでたけど、大丈夫?」

「あー。や、大丈夫です。ちょっといらっとするメール来ただけです」

「そっかぁ」

小銭を投入し、部長も私と同じコーヒーのボタンを押す。

ガタン、と落ちた缶を拾いながら、

「まぁ、作家も人間だからねぇ。なにがあったかよくわかんないけど、大目に見てあげてね」

とプルタブを開く。

「はぁ……」

「ほら、作家のことを信じることしかできないじゃない、僕らって。結局自分で文章を書けるわけでもないし、あくまで編集者だからさ。そこだけ忘れないようにしてれば大丈夫だよ」

じゃあ、と暢気《のんき》な声を残して部長は編集部のほうへと戻っていく。ふぅ。息を吐いて、コーヒーを飲み干すと私もデスクへと戻った。信じることしかできない、か。

「あくまで編集者」というひと言がちくりと刺さっていた。次から次へと原稿を読み、入稿し、ゲラの直しのチェック。校閲部とのやりとり。装丁家との打ち合わせ。販売部との部数をできるだけ増やすための攻防。

そういう編集者ならではの仕事のくり返しのなかで、たしかに私は皮肉にも編集者であることの自覚が薄れていたような、そんな気がする。

――お世話になっております。

席について、ノートパソコンのキーボードをかたかた打っていく。

――体調が悪いとのこと、まずはお身体最優先に無理なさらないでくださいね。原稿の進捗も心配ではありますが、スケジュールは相談して進めていきましょう。また、しばらくメールでのやりとりばかりでしたし、回復されたらたまにはお食事でもいかがですか。もうすぐ冷える季節にもなってきます。どうかご自愛ください。

屋代 秋

その日、合流したもののいつものバーは臨時休業で閉まっていた。

「どうしたんだろ」

「マスター風邪引いたのかな」

そんなことを言い合っていると、店の脇からぁんこがのっそり出てきて「にゃあ」と鳴いた。精ちゃんはそっと近寄り、あんこを抱き上げて言う。

「お前のことこのまま持って帰りたいけど、そしたらマスター怒るだろうなぁ」

あんこは猫のくせに満更でもなさそうで、

「にゃぁぁん」と、まさに猫なで声をあげて精ちゃんの手に頰をすり寄せる。

私も私で人間のくせに「まぁ閉まってたら仕方ないよ」と猫に嫉妬《しっと》し精ちゃんの腕を引いて店を後にした。あんこは離れていく私たちを眺めて、もう一度小さく鳴いた。

精ちゃんが向かった先は、そのバーから歩いて五分ほどの場所だった。

白塗りの建物の地下へと階段をくだって扉を開けるとお客さんたちがお酒を飲みながらダーツに耽《ふけ》っている。いわゆるダーツバーってやつだ。

ふたり、カウンターにある丸椅子に座ってビールを注文する。

「精ちゃんってこういうとこも来るんだ」

「たまにねー。マジで下手くそだけど。秋さんは？　やったことある？」

「まぁ、学生のときとかは飲み会でやってたけど」

「せっかくだしなんか賭《か》けない？　あ、ほら学生に戻った気分でテキーラとか」

「えぇー」

口ではそう言いながら、ちょっと楽しくなっている自分がいる。

ゼロワンという、持ち点から得点を減らしていってちょうどゼロになるのを狙うゲームで、一回戦、精ちゃんの負け。テキーラ一杯。二回戦、私の負け。テキーラ一杯。三回戦、私の負け。テキーラ二杯。とアルコールを摂取するごとにまた自我がなくなっていき、気づけばベロベロになってお店を出ていた。珍しく精ちゃんも酔っていて、覚束《おぼつか》ない足取りで歩きながら「あんこー。あんこー」と叫んでいる。私からすればそんな精ちゃんのほうが猫よりよっぽど可愛い。

「あんこはいないよー」

「えぇ、いないの？」

「秋はいるよー」

「わぁ、秋さんがいる」

真っ赤な顔をして微笑《ほほえ》んだ精ちゃんが私の両耳あたりを手で覆い、真夜中の商店街でキスをしてくれる。舌をいれるとちょっとだけテキーラの香り。

ずっとこうしてられたらいいのに——目を瞑《つむ》って、そう思ったとき、ヴー。ヴー。とスマホの震える音がする。私のスマホ、じゃない。

「……電話？」

目を開けると、真顔に戻った精ちゃんが「たぶん……」と静かに答える。

「出て、いいよ」

「いや。いいよ」

「でも……」

「……ごめん、じゃあちょっと出るわ」

精ちゃんは私の目を一度も見ずにジーンズの尻ポケットからスマホを取り出し、離れながら「もしもし」と言った。あぁ、いや。うん……ごめん。飲み会。まだ。いや、うん。うん。わかった。じゃあ。

電話を切った精ちゃんが戻ってくる。俯《うつむ》きがちな視線を上げ、私の目に合いそうになったとき、なにか言われるのがこわくなって、勝手に口がうごいていた。

「今日は帰るね」

「え……？」

最悪。最悪だ。さっきまで最高の夜だったのに。ただの電話一本で最悪な夜。振り向くこともできずに早歩きしてる自分も、追いかけてこない精ちゃんも最悪。

大通りに出てタクシーを拾う。

車に揺られたらまた酔いが復活してきて、家に着くまで吐くのをずっとこらえていた。


校了が迫っていない週末は暇。

平日、もうマジで毎日仕事しかしてねーじゃん、つら、などと考えているくせ、いざ仕事が休みとなるとなにをしていいかわからない。

昼下がり、寝癖をつけたままベッドから這《は》い出る。

パジャマにも着替えず寝てしまった身体から、かすかに昨日の精ちゃんの匂いがする。あんなことがあったのに、シャワーを浴びるのがちょっと勿体《もったい》ないとか思っちゃう自分にウケる。どんだけだよ。

あぁ、まだすこしお酒が残ってて頭が痛い。

マンションの窓からは川が見える。

日向《ひなた》ぼっこでもしたら気持ちいいであろう天気がうざったかった。

精ちゃんと土日に会うことはない。精ちゃんの週末は私のためにはない。

別の人のためにあるのだ。じゃあ、私の週末はなんのためにあるんだろう。

とりあえず、Ｕｂｅｒでなにか食べよう。そうだ、グリーンカレーを頼もう。とびっきり辛いやつを食べてやろう。

そう思いスマホを手にとった瞬間だった。ヴヴ、と震えて、私の心に火が灯りかけ、すぐしぼんだ。

高校の同級生からのＬＩＮＥだった。

——ひさしぶり！　なにしてんの？

「めっちゃたまたま会ってさぁ、いや、これは秋にも連絡してみようってなったのよ。こういうのって勢い大事じゃん？」

えんちゃんの顔はすでに赤らんでいる。その隣の席で、遠慮がちにビールを舐める瑠音《るね》はもう二児のママらしい。高校のころはあんなに毎日つるんでたのに、卒業してから私たちはほとんど会ってなかった。最後に会ったのは、大学を出て就職が決まったときのはず。

瑠音は高校のとき付き合っていた彼氏と復縁したと言ってはしゃぎ、えんちゃんは父親のツテで大手の映画配給会社へ入ることにしたと言っていた。

私が出版社に入社すると言ったら二人ともえらく驚いたのを覚えている。

「ってか秋って本なんか読んでたっけ」

「うーん、まぁぼちぼちくらいはね」

嘘だった。本当は、本の虫だった。だけど、当時の私は本を読むこと、ことさら小説を読んでいることを友達に知られるのが恥ずかしくて、だれにも言ってなかった。

大宮の三省堂やジュンク堂に通うときはおそるおそる、学校の人に見つからないかいつも周りを気にしていた。山崎ナオコーラという作家の『人のセックスを笑うな』という大好きな小説には「えんちゃん」というとてもキュートな女の子が登場する。だから、私はえんちゃんのえんちゃんという名前がこっそりうらやましかった。

しかしそれらも昔の話。

三人で集まるのは、もう七年ぶりだ。

「え、ていうか瑠音って結婚式挙げたんだっけ？」

「挙げてないよー。旦那十歳上のバツイチだし、なんか能天気に祝う感じでもなかったから家族だけでひっそり」

「あ、あの復縁した彼じゃないんだ。なんだっけ、あの…み、みち……」

「道人ね」

「それそれ」

それそれって、他人の元彼を物みたいに言うな。そう瑠音が突っ込んで三人大声で笑った。瑠音から、子どもの写真を見せてもらう。上は五歳の男の子。下は三歳の女の子。えんちゃんと一緒に自然と「かわいー」と感嘆の声が漏れる。今日は夫の実家がある鎌倉へお泊まりにいってるらしい。

「もう自我あるしねー。ちゃんとべつの生き物になってきたっていうのかな。今日は久々にママから解放って感じだよ」

そういう瑠音の顔はしっかり母親で、なんだか自分が置いてかれてるような気がしてくる。でもだからって、じゃあ子どもが欲しいのかといわれたらそうではない。

正直いまの自分には子どもどころか、結婚するというイメージすら湧かなかった。

三人でひとしきり酒を飲み、店を出た。夕方前に合流したのに、いつの間にか日は暮れて街に街灯がついている。いま、えんちゃんは高円寺に。瑠音は浦和に住んでるらしい。私の家は湯島だからなんとなく中間地点で新宿に集まったのだが、この三人で新宿を歩いてることが軽く奇跡のような感じがする。

歌舞伎町をぶらぶらして、ホストのキャッチに声をかけられ三人できゃーきゃー喜んだ。それはなにも三十手前の女だからじゃない。キャッチぐらい普段から声をかけられるし、四十になってもかけられる人はいるだろう。この、三人で声をかけられたことがいいのだ。三人だからなにをしても楽しいのだ。

そういう時間が、確かにかつてあった。

たまの日ぐらい、それをなぞりたかった。

「一時間だけカラオケいかない？」

えんちゃんの提案に瑠音も私もすぐ賛成する。

近くのビッグエコーに入った。「一時間だけ」という取り決めもあったから、三人ともどんどん曲を入れた。どんどん歌った。ラブソングが多かった。

私は、ラブソングを歌うたび、精ちゃんのことが頭をよぎってしまう。

えんちゃんや瑠音も、だれかのことが頭をよぎったりしてるのだろうか。

私の歌っている曲が終わると、

「先生のこと思い出すわぁ」とぼやいて瑠音はすこし遠い目をした。

「……先生って？」

だれだっけ、と思う。と、えんちゃんがほらぁ、と意地の悪い顔をして笑う。

「ゆたぽんだよ。瑠音がさぁ、いきなり体育館で泣き始めた事件あったじゃん」

「あー！　あったあった！」

「ちょっと事件とか言わないでよ。まぁ、でも事件だったかぁ。あんときは先生のこと好きだったなぁ。てか今となっては好きだったんだろうなって感じだけど」

「若かったよねぇ、うちらも」

私は当時、だれに恋してたっけな。なんか、まだあんまり好きという感情がよくわからなかったような気もするけど、でもやっぱりそれってこの歳になったから思うことで、そのときは全力でだれかを好きだったんだろうな。いや、むしろ今の私のほうが好きってなにか、よっぽどわからなくなってるのかもしれない。

「若いってことは、傷つくことができるということ！」

突然、えんちゃんが立ち上がり、マイクに向かってそう叫ぶ。

「わたしたちはまだ傷つける！　だから、わたしたちはまだ若いってこと！」

瑠音も立ち上がって後につづく。

「ほら、秋も！」

そう促され、お酒による謎のグループが熱を帯びる。

とっくに予約していた次の曲が始まっている。けれど、ＢＧＭを無視し三人声を揃《そろ》えて、何度も叫ぶ。何度も叫ぶ。叫んだ。何度も。

「わたしたちはまだ傷つける！」

「わたしたちはまだ傷つける！」

「わたしたちはまだ、傷つくことができる！」

私たちは――私はまだ、ちゃんと傷つくことができるだろうか？

ほんとうは私、精ちゃんにとっての「あの子」になりたい。

電話の向こう側にいる、あの子みたいに。


週末の夜、この街に降り立つのは初めてのことだった。

中山道の道幅がいつもより広く感じる。平日に比べてあまり人がいないからだろうか。駅舎を照らすぼうっとした光。陸橋をゆっくり歩いていると、ＪＲの電車が轟音《ごうおん》を立てて橋下の線路を走り抜けていく。

じゃあね。瑠音とえんちゃんとは新宿で別れた。

「秋は、家帰るの？」

そう瑠音に問われ、答える代わりに聞いてみた。

「ねぇ。私たちって、まだ若いよね？」

「当たり前じゃん！」

声を揃え、瑠音とえんちゃんが満面の笑みで頷いてくれた。

だから、私はこの街にやってきた。

だって私はまだ若いのだから。

プルルル。プルルル。

心なしか、耳へ強めに押しつけていたスマホを持つ手がかすかに震えている。

精ちゃんの声が聞きたい。だけどこわい。週末は私の日じゃないから。精ちゃんにとっての週末は、もう三年半も付き合っている大切なあの子のための日。でも――。

『……もしもし』

「あ、もしもし……ごめんね急に」

『いや…まぁ、うん……どうしたの？』

精ちゃんの声の後ろで、車が走る音がする。あきらかに面倒臭がっている声。彼女と一緒にいたんだろうか。で、急に私から電話がかかってきて、慌ててマンションの部屋からベランダに出る。「煙草吸ってくるわ」とか適当なこと言って。

そんな精ちゃんの表情が手にとるようにわかって、こわい。

私は息を深く吸った。心臓が、ぎゅっと痛む。

けれど、これから言うのだ。本当の気持ちを。

「うん、あのね……私ね――」

大丈夫。

私はまだ、傷つくことができる。

いかないで、
ねぇいかないで？
君の体温と、
心、臓。

ふつーのおんなのこ

欲しい
欲しい
あなたが欲しい

街は海　人は空　気持ちは力
すべては混沌《こんとん》
神様は信じない

わたしはわたし自身より
あなたが欲しい

嬉《うれ》しい
悲しい
悔しい

どれも欲しい

これが好きって感情だと
気づいたのは
あなたのせいだよ

血は、いい。赤くて綺麗《きれい》。

こんなに綺麗なものが、わたしの身体《からだ》のなかで蠢《うごめ》いている。太もものつけ根。すっと裂けた線から溢《あふ》れて伝う赤い滴が、わたしの身体のなかで生まれたものと考えると、感動すら覚える。これは、これこそが、生きてる証《あかし》だ。お風呂場で薄い皮膚にカッターの刃先を這《は》わせる。痛みと一緒に音もなく溢れ出る液体を見てると、まるで自分の命を見ているような気になれる。

あぁ、よかった。わたし生きてるんだって、そう思う。血の色が、青でも黄色でもなく、赤くてよかった。神様とかそういうのが本当にいるかは知らない。けど、この身体を、人間という生き物をつくったなにかに、とりあえず感謝したい。太ももの血を指で掬《すく》って舐《な》めてみる。鉄の味。生き物なのに、機械と似た味がするっていうのがちょっと不思議。

痛みのおかげで、やっと、意識が昨日から今日に追いついた。

切るなら、カミソリよりカッターのほうが好き。カミソリは切れやすいけど、そのぶん痛みがすくない。痛みがないと、なんていうか、切ってる意味みたいなものが薄れる。あの、刃の先がすうっと白い皮膚を切り開き、そのあとゆっくり肉に分け入っていくときの、熱い感覚。好き。つまり、リスカにも、好みがあるって話。

ふかくふかく息を吸って、吐いた。傷に絆創膏《ばんそうこう》をそっと貼るときは、いつも、子どもに布団をかぶせてあげてるみたいだと思う。まぁ、子どもなんていないし、将来ふくめて欲しくもないけれど。

カーテン、開けて、そしたら部屋に朝の光が雪崩《なだ》れ込んでくる。

光には遠慮がない。思いやりもない。隠したいもの、見られたくないものも、全部。ぜんぶ。関係なく晒《さら》してしまう。光は残酷。だからわたし、光より闇が好き。

闇は優しい。

ポットの水をコンロであっためてる間、歯を磨く。

わたしの歯は規則正しく並んでいる。中学生の頃に矯正したおかげ。しゃかしゃか、歯磨き粉のミントの香り。鏡に映る自分はまだ瞼《まぶた》が腫れぼったくて、いちおう二重《ふたえ》ではあるんだけど、アイプチとかやったら、あごの骨を削ってもっとしなやかな形になったら、もっと鏡を見るの、楽しくなるのかなぁ。

「ねぇ」

ベッドから、声がする。

「あ、起きたの」

「うん」

ちょっと困ったような、「うん」。わたし、その声色にちょっと嬉しくなる。

がらがらうがい。白く濁った水を、洗面台に流す。もう一度コップに水をためると、ベッドのほうにこぼさないよう小走りで向かう。

「七子《なこ》……これって、なんだっけ」

ベッドの縁に腰かけながら、杏菜《あんな》は立ったままのわたしを見上げた。杏菜の両手は綿のロープで縛られている。

縛られてるっていうか、杏菜を縛ったのは、わたしだ。

窓辺には、飼っているモウセンゴケの鉢植えがある。その土にコップの水をかけていく。モウセンゴケっていうのは食虫植物の一種。葉っぱの表面から、細い毛が花火みたいに生えている。毛は、分泌されたねばつく液で濡《ぬ》れてきらめいている。

この液で、モウセンゴケは虫を捕らえ食すのだ。

「結ぶのけっこう、苦労したんだぁ」

「まぁ、うん。おかげで全然解《ほど》けないや」

呆然《ぼうぜん》とする杏菜の手首のあたりは擦れて赤っぽくなっている。一応、わたしを呼ぶまえに自力でロープを外そうともがいたんだろう。それを思うと、また嬉しくなる。

「ＹｏｕＴｕｂｅでね、ぜったい解けないロープの結び方練習したの」

ハンズで頑丈なものをちゃんと買ってね、けど、杏菜があんまり痛くないように肌触りのいいものにしたんだよ。わたしはシューッと湯気を立てるポットの火を止めにキッチンへと移った。

「杏菜、コーヒー飲む？」

「あー……うん」

インスタントのコーヒー粉をスプーンで掬い、ふたつのマグカップに入れていく。ポットのお湯は丁寧に、丁寧にそそぐ。そうすれば安物だって、美味《おい》しくなるんだ。ほんとかどうかは知らないけど、わたしが高校生のときに亡くなったおばあちゃんが言ってた。

「飲める？」

「ぎり、飲めないかも」

マグカップは、熱々の湯気をまだ撒《ま》き散らしている。その、持ち手をおがむように掴《つか》んで、杏菜はため息を吐《つ》く。「飲ましてあげる」。さっき渡したばっかりのマグカップを受け取り、わたしはふぅ、とコーヒーの熱を冷ます。

「はいどうぞ。ゆっくり飲んで」

口にそっとマグカップを運んであげる。親から餌をもらう雛鳥《ひなどり》みたいに杏菜はちびちびコーヒーを啜《すす》って、「美味しい」と言った。やっぱ、可愛いなぁ。

杏菜は同い年。大学の同級生で、なんだか美味しそうな名前の女の子。大手出版社への内定が決まっている。聡明《そうめい》で、ユーモアがあって、好き。好き。好き。なのに。

「……私の、せいだよね」

顔をうつむけた杏菜がつぶやいた。

「そうだよ」

はっきり答える。だって、そうでしょ？

わたしと杏菜は、すっごく仲がよかった。いつも一緒にいた。ゼミも同じだし、長野にスケボ旅行にもいったし、飲み会の帰りは決まってどちらかの家に泊まってたし、手をつないで眠った。キスだって何回かしたことがある。

三日前の夜。いつもみたいに、連絡があって、家でご飯を食べた。わたしが生姜《しょうが》焼きを作った。ほそく、ほそく、キャベツを千切りにできた。コンビニで買った缶ビールをコツンと当てて乾杯した。生姜焼きをお米と一緒にはふはふしながら頬張《ほおば》って、杏菜は「やっぱ七子って料理の天才だよね」と褒めてくれた。

ずっと作ってあげるよって言葉は我慢した。

わたしはそこまで傲慢《ごうまん》じゃない。

ずっと、ずっとずっと、杏菜の隣にいたいけど、そんなこと叶《かな》いっこないのは知っている。二人は、いつか離ればなれになる。

でも、それはもうちょっと先の未来——のはずだった。はずだったんだ、なのに。

「私ね。彼氏できた」

杏菜はベッドのなかで言った。

照れ臭そうに笑ったチャーミングな唇の間から、八重歯が覗《のぞ》く。

「七子に一番に伝えたくって」

「そっか」

やっと、言った。胸が黒く燃えたぎって、ほんとうは息もうまくできなかった。なんとか「おめでとう」と言葉にしたけれど、ひとつも、おめでたくなんかなかった。心とはちがうこと。完全にちがうことを言葉にすると、こんなにも苦しいものかと知った。

浴室で、カッターの刃を太ももに当てる。

ぐっと力を込める。痛い。けれど、心はもっと痛い。もっともっと痛い。

わたしの心は、杏菜のひと言で血まみれになってしまった。杏菜にとって、わたしは、なんだったの？　ただの友だち？　ただの、たくさん時間を過ごして、手をつないで、キスもできちゃうよ、くらいの女だったのかな。

安らかな寝息を立てて眠る杏菜の顔を眺めながら、涙も出なかった。

わたしがこんなに苦しんで、鬱々《うつうつ》としてるのに、杏菜はきっとなんの罪悪感もなく彼氏をつくったんだ。一番にわたしに報告すること、それをわたしが本心から喜ぶと、信じて疑わなかったんだ。なんだか、すごくバカにされたような気がした。あんなに幸せだったこれまでの時間を否定されたような気がした。結局、男がいいのかよ。わたしのほうが、絶対ぜったい杏菜のこと愛してあげられる。

で、決めた。

だから、決めた。

決めると、意識が心地よく沈んでいき、わたしは眠った。

睡眠は重力だ。重力がある一定を超えると、人は永遠に目覚めないらしい。

ブラックホール＝死＝フォーエバー。


「今日のゼミ、どうするの？」

杏菜がソファに座って、問いかける。

「行かないよ」

「でも七子、発表の日じゃなかったっけ」

「そうだよ。でも、行かない。体調悪いってあとで連絡しとく」

そっか。静かに息を吐くと、杏菜はごろんとソファに横になった。両手を縛られて不自由な杏菜は見てて愛らしい。歯磨きも、トイレも、なにもひとりじゃできない。わたしがいないと生きていけない。観葉植物みたい。このまま杏菜の両足から根が生えて、この家の床からうごけなくなったらもっといい。

そしたらわたし、毎日ちゃんと水をあげる。

だいじにだいじに育てて、杏菜の頭から鮮やかな花を咲かせてあげる。

杏菜のスマホは没収していた。二、三度なにかの通知で音が鳴りうざかったから、電源を切った。スマホが鳴るたび、「彼氏」なるものの影がよぎった。杏菜、どんな人と付き合うことにしたんだろう。そんなことを考えそうになって、辛《つら》くなるのでやめた。

心の自傷行為をするぐらいなら、物理的に自分の身体を傷つけたほうがマシだ。

「朝ごはん食べる？」

「うーん、まだお腹《なか》そんな空いてないかな」

「そっか。腕、痛い？」

「まぁ、ちょっとは……」

「かわいそうだけど、ほどいてあげないよ」

「……。七子ってさ、私と出会う前ってどんな子だったの？」

わたし、どんな子だったんだろう。父親が転勤族で、いろんな街に引っ越していた。だから、いわゆる幼馴染《おさななじみ》とか、故郷みたいな概念がない。みんな、なんでも、移ろっていくもの。すべてはいつか、わたしの前を過ぎ去っていく。もしくはわたしが、通り過ぎていく。そういう虚《むな》しさみたいな感情がつねに、意識の底にあって育ったのかもしれない。

ラッキーなのは足が速かったこと。どの学校に転校しても、陸上さえやってれば簡単に居場所をつくれた。これぱっかりは才能だと思う。でも、べつに、陸上という競技に夢中だったことはなかった。

物心ついたときには女の子が好きだった。同性の友だちから「――くんのこと好きになっちゃって」と言われるたび、寂しくなった。

自分は周りとちがうんだと思った。

だから、男なんて好きになる価値ないよって伝えたくて、わたしの好きな子と付き合ってる男たちを誘惑した。どの男もあっさり誘いに乗ってきた。醜い下半身を硬くして擦り寄せてきた。なんでこんな浅はかで安い生き物のこと、わたしの好きな人は好きになるの？

わたしにはわからなかった。女が男を、男が女を好きになるのが、この世界的には「一般」というものだったとしても。

「ふつーだよ。ふつーの子」

わたしは、杏菜に答えた。

女の子が好きで、血を見ると安心する、どこにでもいる普通の女の子だよ。

一人分の食パンをレンジで焼いて、簡単に朝食を済ませた。

自分のぶんだけとなると、つい、食事がどうでもよくなってしまう。こんがり焼けたパンの表面にマーガリンを塗ると、白い塊がじわっと溶けて透明になっていく。その上に、イチゴジャムを乗せる。イチゴジャムは赤いから好き。血、みたいに見えなくもない。かじりつくと甘ったるい香りが口のなかに広がっていく。

杏菜、ほんとに食べなくていいのかな。

昨日まであんなに楽しくおしゃべりしてたのに、俯《うつむ》いて、しゃべっても、ボソボソ。それはわたしがロープで両腕を縛ったからだろうけど、けど、じゃあ、わたしが杏菜をロープで縛った理由は、やっぱり杏菜だ。メビウスの輪。

洗濯しようと思い立ち、パンを食べたあとの皿を軽くすすぐと浴室に向かう。浴室にあるバスケットには、数日分のわたしの衣類のほか、昨日の杏菜の服と下着が混じっている。下着、ユニクロの、シンプルなワイヤレスブラとショーツ。

それらを手にとると、そっと鼻にあてがった。香水をつけない杏菜の肉体からうつった匂い。を、肺いっぱいに吸い込む。脳内に心地いい電気が走る。洗うのがもったいない。

もう名前も忘れちゃったけど、埼玉の高校に通ってるときに、部室のわたしのロッカーを開けて停学になった女の子がいた。なんか、窃盗の疑いとかで停学になってたけど、たぶんあの子はなにも盗もうとなんかしてない。

こうやって、わたしの匂いをかぎたかっただけなんだと思う。

だってあの子は、わたしのことを好きだったから。

恋い、焦がれていたから。

あの子がわたしを見るときの目。その、奥にある情熱は、ありありと透けていた。

問題は、わたしのタイプじゃなかったってこと。いまはなにしてるのかな。もし、あの子のことを好きになってたらわたし、杏菜にこんな想い、抱かなくて済んだかもしれない。ちゃんと、友だちの距離を保ててたかもしれない。って、ありもしない妄想。らしくない。

それにどうあれ、わたしは現在この、杏菜に対して自分が抱えてる感情を後悔していない。もし、監禁罪とかで警察に捕まったとしても。

鼻から下着を離し、洗濯機に放る。

洗剤と柔軟剤を入れて、洗濯スタートのボタンを押した。洗濯槽のなかで回転し、絡み合っていく杏菜の服とわたしの衣類たちがうらやましかった。

けどなんでだろう。監禁までしてるくせに、「好き」という二文字だけは、ちゃんと言葉にして伝えられないんだ。

「どっか痒《かゆ》いとこない？」

「や、ないかな……」

「お腹は？　まだ大丈夫？」

「うん」

「肩とかは？　凝らない？　痛くない？」

「そうだね……ちょ、ちょっとは…」

「わかった！　じゃあわたしが揉《も》んであげるね」

ソファに腰かけ、お昼の情報番組を見てる杏菜の後ろに回りこむ。

杏菜の肩はどっちかというといかり肩というやつで、骨格がしっかりしている。両手の親指を肩甲骨から首筋まで丹念に這わせていく。肩まわりは、掌で包むようにして力を込める。

杏菜の身体はティーシャツの上からでもあったかい。

背後から見える耳の形がきれいで、甘噛《あまが》みしたくなる。そういえば、わたし、これまで好きになった人たちみんな、耳の形がきれいだったかも。

「ありがと。えっと、もう、いいよ」

「そう？」

「うん……ほんと、大丈夫だから」

もっと杏菜に触れていたかったのに、残念。

ピーッと洗濯機から音が鳴る。終わりの合図。下着類は浴室に、ほかの衣類はベランダに干していく。太陽はとても高くまで上がっている。風が気持ちいい。ゆらゆらゆら、たなびいて揺れる杏菜とわたしの服たち。なんか、なんだか、夫婦みたい？

家のベランダの向こうは、道を一本挟んで別のマンションが建っている。オレンジ色した外壁の、ビンテージっぽいマンション。けっこう人気あるみたい。広さとかも関係してるのかもしれないが、一部屋、月の家賃が十七万円前後のとこばっかり。スーモで調べた。

いつか、杏菜に恋人ができなくて、でもわたしとの仲良しが続いてたとして、もう結婚なんか諦めたとかなったら、二人で住みたいな。なんて、思ってた。そしたら働きながらバンドでも組んで、西加奈子の小説『炎上する君』みたいに女二人で銭湯とか行ったりしてさ。楽しかっただろうな。そんな未来――が、あったなら。

心の底で燻《くすぶ》る、どす黒い炎。

いつかわたしも、この炎で、だれかを照らすことができるのだろうか。


洗濯のあと、部屋を掃除して、お風呂を掃除して、トイレを掃除した。なにを話しかけても杏菜はツレない。「いや」か「大丈夫」しか答えてくれない。いつも換気扇の下で吸っていた煙草を「吸う？」と聞いても「大丈夫」が返ってきた。

だから、せっかくなら杏菜が過ごしやすいようにと思い、家のいろんなところを掃除してみた。けど、もう掃除する場所が見当たらない。

あんなに高かった太陽は、角度を低くし光に色がつきはじめていた。

「あのね、お願いがあるの」

「え？」

吸う主を失った煙草の箱。テーブルの上、指で弾《はじ》いていると杏菜の声が聞こえ、わたしはどうしたってテンションが上がる。

「なになに？　お願いってなに？」

「あの、えっとね。スマホ、返してもらえないかな……」

「あぁ」

膨らんでいたテンションは一気にしぼむ。スマホを渡して110番でもされたら、この時間が終わってしまう。せめてもうちょっと、続けたい。

「ごめん。それは無理」

「じゃ、じゃあさ……七子が、私のスマホ確認して欲しいの。その……朝からＬＩＮＥ見てないからさ、たぶん彼から、連絡きてると思うんだ……。心配してないかなって」

彼、か。食事より、煙草より、わたしより、彼氏――あ、そうだ。いいことを思いつく。

「わかった」

棚に放っておいた杏菜のスマホを手に取る。切っていた電源を入れ直し、再起動のピロロンという音が鳴る。

「パスワードは……」

「０４２４、でしょ？」

杏菜はこくっと頷く。だって杏菜、わたしの目の前でなんの警戒心もなく何度もパスを解除してるから覚えちゃったよ。それに、四月二十四日は杏菜の誕生日。簡単過ぎて、そのセキュリティ感覚にむしろこっちが不安になる。ロックを解除しＬＩＮＥのアプリを開くと、トーク画面には男のアイコンが一番上に来ていた。


――飲み会どんな感じ？

――たのしーよー。今日は遅くなりそうだからなな子の家にこのまま泊まると思う。

――そっか、それはよかった！　ちょっと寂しいけど。

頬がぽっと赤くなっている絵文字。

――えー、寂しいってなに？　会いたいの？

――秘密だよー。

――意地悪じゃん！　私も会いたいよ。

片目から涙を流している絵文字。

――会いたいって言ってませーん！

――なによ。ほぼ会いたいって言ってるのと一緒じゃん（笑）。じゃあもう会ってあげない。

怒っている絵文字。

――待ってぇ。会ってくれぇ（笑）。俺、杏菜ちゃんのことこんなに大好きなのに……。

気持ちわるいんだよ。

昨夜の杏菜と彼氏とのやりとり。メッセージの隣に添えられた時間表示は、家の近くの安い居酒屋でお酒を飲んでいるときと合致する。あぁ、杏菜……わたしといたのに、本当は彼氏との世界にいたのか。いや、でもＬＩＮＥなんてそういうものだ。と、思いたい。なのに、スマホを持った手のかすかな震えが止まらない。

心から、精神から、血が吹き出す。

――うわー酔ったよー。じゃあもう寝るね。おやすみ！

――はーい！　おやすみ。明日会えるといいなぁ。

日をまたぐ。

今日、八時二十一分。

――おはよう。

太陽のマーク。

十二時六分。

――あれ、杏菜ちゃんまだ寝てるの？

十三時ちょうど。

――杏菜？

十五時三分。

ＬＩＮＥ通話の不在着信。二件連続。

その一分後。

——どうした？　体調とか悪い？　それか俺、なんかしたかな……。


「……なんて来てた？」

「べつに。朝おはようって来てたくらい」

「そっか……」

やめてよ。そんな、期待はずれみたいな顔しないでよ。

「なんて返信する？」

なるだけ平静な声でたずねる。杏菜はちょっと考えて、言った。

「返信遅くなってごめん。ちょっと体調悪くて。また私から連絡するね、って送って……」

「おっけー」

わたしは親指で、スマホに文字を打ち込んでいく。

——ごめん。別に好きな人ができた。別れてください。さよなら。

送信。

「七子さぁ」

「ん？」

「これ……いつまで続けるつもり？」

「……」

ずっとだよ。

「私、いまも、七子のこと友だちだと思って――」

杏菜の声をさえぎるように、杏菜のスマホが鳴る。メッセージじゃない。男からの電話がけたたましく鳴る。ほんっとにうるさい。

スマホを床に思い切り叩《たた》きつけた。

画面が割れ、ようやくスマホは静かになった。

杏菜、わたしね。杏菜のこと好きになった時点で、もう友だちなんかに戻れないよ。わたしだけ戻れないんだよ、ごめんね。


それから、杏菜はわたしと口をきいてくれなくなった。

じっとして、黙って、たまに両腕を縛ったロープがぎしぎし鳴った。

太陽は完全に落ち切った。夜だ。

これで杏菜とわたしは、二十四時間以上いる。いるのに、自分で願ったはずのことなのに、なんだろう。この気持ち。

二人でいるのに、一人でいるときよりも寂しい。

杏菜が、遠い。

テーブルにはお皿がふたつ。

一枚は、残った油分でてかてかしている白い皿。もう一枚の皿には、わたしが作ったパスタがそのまま残っている。杏菜が好きなカルボナーラ。なのに、とっくに冷めちゃって、たっぷりかけた粉チーズがどろどろになっている。

ほら、食べなよ。

まだ出来たてで、パスタから湯気が立っている頃にわたしは言った。杏菜は黙って首を振る。なんで？　好きでしょ、杏菜のために作ったんだよ？　また、首を振る。なぜか、杏菜の丸っこい瞳には涙がたまっている。

わたしはフォークで自分の皿の麵をくるくる絡め取り、食べた。

わたしが美味しそうに食べれば、杏菜も食べてくれるかなと思った。だから、わたしは率先して食べた。わたしのお皿からパスタが減っていくにつれて、杏菜のお皿から湯気が消えていく。冷めていく。美味しそうじゃなくなっていく。

ねぇ、美味しいよ、はやく食べなよ。食べてよ。あ、そっか。自分じゃ食べれないもんね、待ってね。ほら。また、フォークで麵をくるくる。杏菜の口元まで持っていく。けれど、杏菜の唇はきゅっと閉まったまま。生クリームたっぷりのソースが麵からずり落ち、あぶなく左手で受け止める。なんで？　朝からなんにも食べてないじゃん。お腹、空いたでしょ？　ほら。え、じゃあなに、このままなんにも食べないつもりなの？

杏菜はちょっと戸惑って、しかし、やがて確信を持ったようにうなずいた。ダメだよ食べなきゃ。栄養失調になっちゃうよ。口、開けて。無理やり麺を唇につける。食べない。開けてよ。ぐいぐいフォークを持つ手は力んでいく。ぬちゃっと音がする。杏菜の口の周りがただソースで汚れていく。

「食べてよ！」

気づくと叫んでいた。叫んで、フォークを持ったまま、椅子に座っていた杏菜を押し倒していた。杏菜はあっけなく椅子ごと床に転がった。

鈍い音を立て、杏菜の頭が床にぶつかる。

「あ、あの……ごめん！」

駆け寄ったわたしを、顔だけで杏菜は見た。たまっていた涙がつーっと頬を伝っている。瞳は、あんなに優しいまなざしを向けてくれていた杏菜の瞳には、恐怖と怒りとが入り混じっていた。怪物でも見てるような目だった。

近寄るな、という意思が、言葉よりもダイレクトにわたしへと迫ってくる。

そのとき、

「ピーンポーン」

間の抜けたインターフォンの音が響いた。

宅配だろうか。いや、でもこんな時間に？　すでに八時を過ぎている。なにかの勧誘？

黙っていると、もう一度「ピーンポーン」と鳴る。そして、扉を叩く音。

「あ、あの、すみませーん」

男の声だ。ガタガタ、ドアノブまで回している。

「七子さんいませんかー？」

はっとして、杏菜を見た。

杏菜は静かに、

「彼氏」と言った。

たしかに、昨日のＬＩＮＥに『七子の家に泊まる』と書いてあった。大学に共通の知り合いがいれば、まぁわたしの家くらい突き止められそうではある。いや、でもだからって、ここまで来るか。面識もないわたしの家まで。

「あの、僕、杏菜と付き合ってて。でも、なんか急に別れてって連絡あって。その、なにか知らないかなって……」

ドア越し、男のいまにも泣きそうな声が部屋まで届く。つまり、男の言葉は杏菜にも聞こえたってことだ。終わった。バレた。わたしの、嘘《うそ》が。

「……七子」

杏菜はまっすぐわたしを見ている。

「このロープ外して」

「嫌だ」

嫌だよ、ロープ外したら、杏菜がここからいなくなっちゃう。

「叫ぶよ。叫んだらきっと彼、警察に通報する。いまなら引き返せる。だから、このロープ外して。

お願い」

わたしは、床に倒れていた杏菜の身体をゆっくり起こす。

杏菜の両腕を縛った「絶対にほどけない」ロープ。

けれど、そんなものは存在しない。

ひとりではほどけないだけで、どんなに固く結んだとしても、結んだということは必ずほどく方法があるのだ。

「あのね。わたし、ずっと杏菜と一緒にいるのが夢だったの」

縛っていたロープの結び目に、指先を挟み込む。

「でもね、そんなこと叶わないってわかってて。だから、せめて傷になりたかった。杏菜の心に一生残る傷に。そしたら、杏菜、わたしのこと忘れないでしょ？　杏菜にとって、たしかにわたしはいたんだっていう証になるでしょ……。でも、ダメだったね」

隙間のできた結び目を徐々にたわませていくと、ロープが緩んで、杏菜の手首がうっ血して青くなっているのがわかる。

「ごめんね。こんなに痛くして。わたしたちの関係勝手にぶち壊して。ごめんね、ほんとはこんなことせずに、ただの友だちとして傍《そば》にいれたらよかったよね、ごめんね」

杏菜はなにも言わない。じっと、わたしの手先を見つめている。

ロープの端をさっと引っ張る。と、杏菜を縛っていたものは呆気《あっけ》なくほどけてしまった。

これでさよならなんだ。なのに、どうして。

涙もでない。

両手が自由になった杏菜は、すっと立ち上がった。床に転がっていたスマホを取って、玄関へと向かっていく。振り返りもせず、黙って鍵を開ける。ドアノブを回す。

目に焼きつけるんだ。

この背中を。数時間前に触れたいかり肩の稜線を。内股気味の脚を。

食虫植物は賢い。彼らは獲物が捕食可能な範囲に入るまで、とにかくひたすら待つ。決して自分から動くことはない。それに、彼らはその実、虫を食べなくても充分生きていけるのだ。光を浴び、水分を吸収し、ほかの植物とおなじように、光合成をして。

ドアが閉まって、完全に閉まって、わたしは言ってみた。

「わたし、本気で好きでした」

そう言ってみた。

手には、杏菜を縛っていたロープだけがだらんと残った。

アイ　アイ
アイラブユーと
アイ　アイ
アイヘイチュー
君のすべてが
あたしならいいのに

食虫植物未満

書くこと
面倒くさいこと

書くこと
嘘《うそ》のなかに
現実では言えなかったことを
紛れ込ませること
ある意味で 生きる術《すべ》

書くこと
農大通りのお寿司屋さん
酔って歩いた上町の交差点
赤堤にあるマンション

書くこと
物語はわたしのもので
わたしは物語自身だ

書くこと
それを通じて
この先もう笑い合うことはない
あなたとの世界を旅することができる

書くこと

ありがとね
ずっとさよならだね

——ご心配くださってありがとうございます。原稿、本当にすみません。はい、スケジュール相談させてください。食事、ぜひです。屋代《やしろ》さんもご自愛ください。それでは引き続きよろしくお願いします。また連絡します。

東山 止る

担当編集である屋代さんへのメールの送信ボタンを押して、ほっと息を吐いた。たぶん仮病はバレてるが、これで原稿の〆切が延びた（はず）。それにしても、屋代さんから食事の誘いなんて珍しい。なにかいいことでもあったのだろうか。男関係かな。もしかして結婚？　そう思った瞬間、また悲しくなってくる。集《しゅう》くんの笑った顔が、煙草《たばこ》を吸ってるときの横顔が、わたしに迫ってくる。

いいよな、屋代さんは。おっきな出版社に勤めて、頭がよくて、容姿も恵まれている。わたしなんかとは全然ちがう。物書きを生業《なりわい》にしてるといっても、本が売れないんじゃフリーターと変わらない。本の売れない小説家は、シンプルに生活が苦しい。主な収入源となる本の印税は十パーセントと決まっている。単行本が一冊一三〇〇円だとして、昨今の出版不況のなかでわたしみたいなヒット作のない作家の初版はせいぜい二千部程度だ。一冊一三〇〇円×二千部×〇・一＝二十六万円也。

この二十六万円のために数ヶ月から一年くらいかけて物語を紡《つむ》いでいく毎日。

なかなか辛《つら》い。ってか、生活としてしっかり破綻してる。

そのうえ〆切も守れない小説家＝わたし。終わってる。あー死にてぇ。

わたしが屋代さんみたいな人だったら、いまもわたしの隣に集くんはいてくれただろうか。筆名・東山止る《ひがしやまとま》。本名・西川流《にしかわりゅう》。止るの「る」はネットの字画占いで調べて足した。あの字画占いを信じたのがよくなかったのかもしれない。

「リュウ」と「シュウ」って、なんか似てるよね。

そう言って笑う集くんの声を、もう一度だけでいい。

聞きたい。

食べなくちゃ　食べなくちゃ
嫌なこと忘れさせて？

いかないで、ねぇいかないで？

君の体温と、心、臓。


ベッドに横たわり、スマホで曲の歌詞を眺める。いま、わたしが書いている原稿は、理芽というアーティストの「食虫植物」という曲とコラボして小説を書く、というものだった。

アイ　アイ　アイラブユーと
アイ　アイ　アイヘイチュー
君のすべてがあたしならいいのに

「君のすべてがあたしならいいのに」と声に出して呟《つぶや》いてみる。「君のすべて」が「あたしならいいのに」。集くんのすべてがわたしだったら……だめだ。そんなことばっか考えて。文章を書け。文章をかけ。ぶんしょうを、かけ。

ノートパソコンのキーボードに指を這《は》わせる。

このままわたし、文章を書けなくなったら、もう、なんにもない。なんの価値もない。


わたしは学生の頃に書いた短編小説で作家デビューした。

文芸の新人賞をもらったのだった。

まさか、だった。突然、夜中にビビッとくるものがあって、思うままに翌日の昼までパソコンに向かってキーボードを打ちまくり、出来上がったものをテキトーな賞に応募したらそれが大賞を獲《と》ってデビューすることになった。初めて書いた小説で。と、いうのは嘘で、高校生のときからずっとずっとわたしは小説家になりたかった。

わたしの大学生活、ほとんど講義にも出ず、華やかな恋愛もなく、ただただ文章を書いて過ごした。

存在するほぼすべての文芸新人賞に応募し続けた。けれど、どれもなにも引っかからなかった。どうやら、わたしには才能がなかったのだ。

だからって、諦めたわけではなかった。わたしは「ただ文章を書く」のをやめた。賞の、傾向を分析することにしたのだ。各賞には選考委員がいる。だいたいの場合、選考委員は小説家。その、小説家たちの作品を読み込んだ。過去の受賞作を研究した。

それで、大学卒業間際、大賞ではなかったけれど、佳作をもらったのだ。

泣いた。連絡をもらったとき、わたしは泣きじゃくった。才能じゃなくても、狙い澄ました大学受験みたいな書き方の小説でも、自分の書いた文章が認められたことが嬉《うれ》しかった。

これでわたしは「小説家」だ。「作家」だ。

あれ、この二つってなにが違うんだろう。もうなんでもいいや。あはは。

自分が書いた本がほんとうに書店に平積みされている。

それを見て、心が震えた。

書店中のお客さんに、いや、店員さんにも、いや、世界中の人々に「これわたしが書いたの！　わたしの本なんだよ！　読んでね！」と叫びたかった。いくつも書店を巡り、本が置いてあるか確かめた。あったら、さりげなく目に留まりやすそうな位置にずらしてみたりした。綿矢りさとか、朝井リョウの新刊の上に自分の本を重ねて置いたりした。

いま考えるとあの時がピークだった。

デビュー作は、まったく売れなかったのだ。一度も重版することなく、一ヶ月もしたら平積みコーナーから姿を消し、三ヶ月したら作者名別に本を並べた棚からも消え失せた。

わたしが佳作をもらった新人賞で大賞だった作家は、その小説で芥川賞を獲った。ふざけていた。正直ちょっぴり、わたしも候補にノミネートされるんじゃないかと期待していた。でもそれは、サラリーマンが居酒屋で「おれ、今年のプロ野球のドラフト会議に呼ばれちゃうかもってそわそわしてんだよね」とのたまってるのとさほど変わらなかった。呼ばれるわけねぇだろ、ばーか。そう、居酒屋のバイトをしながら蔑んでいた自分が恨めしかった。

お前こそ呼ばれるわけねぇだろ、ばーか。

「へぇ、西川さん、作家さんなんだぁ」

集くんと出会ったのは、バイト先である居酒屋だった。彼は大学生。わたしはすでに大学を卒業していた。デビューしたんだから、小説一本で食べていくんだ。いけるんだと、勝手に思い込んで就職しなかったので早速ジリ貧になって始めたバイト。

ほんのいっときだ。次の本でヒットしたらすぐ辞める。

そんな気持ちだったから、バイト中ミスを連発した。皿を割る。注文を間違える。自分のミスをとっさに誤魔化して、余計事態をややこしくする。

そもそも他人とのコミュニケイトに慣れていないわたしは、バイトに入って一週間も経《た》ったら「使えない奴」の認定を受けた。加えて、バイトの同僚に対して内心、自分は作家なんだ、あんたたち一般ピーポーとは違うのよ的な謎のプライド&マウンティングで接していたので、完全に浮いていた。

たぶん、わたしの内心はダダ漏れだった。

「一応新メンバーだし、ほら、うちってアットホームな職場っての売りにしてるからさ」

という店長の計らいで開かれた歓迎会（まぁ、すぐにその真意は店長が落とそうとしているメグちゃんという専門学校生と酒を飲む口実が欲しかったのだと分かるんだけど）。酒も進み、めいめいの建前が溶けて欲望のまま動き始めたとき、たまたまわたしの隣りに座ったのが集くんだった。

集くんとはこれまでシフトが被《かぶ》ったことなくて、そのとき初めて喋《しゃべ》る純朴そうな青年にわたしはドギマギしていた。自分が小説を書いていることなど、面接時、店長にしか伝えてなかったのに、「ぼく大学生で……」と言った集くんの自己紹介への返答として、

「わたしは小説書いてて……」とこぼしていた。

へぇ、小説って読んだことないや。とか、え、自費出版で？　など悪意があるのかないのか、すくなくともわたしは傷つくリアクションをする人が経験上多いなかで、集くんはただ「マジっすか⁉︎　え、小説家っすか！　すげぇ……」と唸《うな》り、握手を求めてくる。

「ぼくね、あんまやりたいこととか、そういう感覚自体ないから西川さんが羨ましい」

ほのかに頬《ほお》を赤らめた集くんの言葉がとても嬉しかった。「羨ましい」と言われただけでちょっと泣きそうになったのを堪《こら》え、

「そういえば昨日のM－1見ましたか？」と話をそらす。

「見ました見ました。ウエストランドね。僕、さや香が好きだったなぁ」

「あー、よかったですよねさや香。カベポスターも面白かった」

「わかるっす。僕そのあとのワールドカップまで観ちゃって」

「一緒です！」

「今年はフランスかなぁって思ってたんですけど、さすがメッシでしたね」

「ねぇ。あの、フランスのストライカーもハットトリックで凄《すご》かったですよね。なんだけ、エム……エム……エムペバ？」

「エムバペ。惜しい」

さっききまで見ず知らずだった二人が昨日こうやって同じものを見ていたのだと思うと不思議な気分だった。とくに興味もなかったサッカーの試合を、寝つけなかったというだけでぼんやり観ていた自分を褒めてあげたくなる。

「朝まで起きてたから今日夕方まで寝ちゃって。完全に昼夜逆転です」

と笑う集くんに、わたしは思い切って言ってみた。

「え、じゃあ、このあと朝まで飲んじゃいます？　あ、わたしも昼夜逆転組で……」

すでにこのとき、わたしは集くんに恋心を抱き始めていた。

会をふたりで抜けて入った次のお店。喫煙可なことがわかると、集くんはほっとしたようにポケットから煙草の箱を出した。

「あ、煙草吸うんですね」

「はい。あ、けむり嫌ですか？　すみません」

「いえ、なんか意外だなって。見た目吸わなそうだったから。なんていう銘柄？」

「メビウス・ライト」

「……メビウスの輪」

「メビウスの輪……かもですね」

もうなにを喋っても楽しくて仕方なかった。

——やっと起きましたぁぁぁぁぁ
——わたしもさっき（笑）　結局昼夜逆転けいぞく。

——飲みましたもんねぇ！

——飲んだ！　終わりがなかった（笑）

——いやー楽しかった。また行きましょうね！

始発まで飲んだ次の日、連絡先を交換した集くんからのＬＩＮＥでようやくベッドから身を起こした。窓から西陽《にしび》が射《さ》して、部屋をオレンジ色に染めていた。小机の上、朝帰ってきて食べたカップラーメンの汁が冷えて固まっている。豚骨・背脂増し増しの汁。終盤ずっとお腹《なか》が空いていたけど、朝方にラーメンを啜《すす》る女だと集くんに知られたくなかったのだ。

まだぼうっとしている頭をぼりぼりかく。

とりあえず、と残ったスープをシンクの三角コーナーに流して捨てた。

その日、学生以来初めて二日酔いを理由に一行も小説を書かなかった。しかし二日酔いを理由に、というのは自分への嘘。

本当は、集くんのことばかり考えていた。


それから日を置かず、わたしは集くんとお付き合いすることになった。

彼氏なんて、高校生ぶりだよ。そう言うと、集くんは「さすが小説家だなぁ」とよくわからない感心の仕方をした。なにが「さすが」なのだろうか。けれど、そんな小さな違和感などどうでもいいくらい、わたしは高揚していた。

「そういえば読みましたよ。東山止る著、『溺れる季節』。アマゾンで買った」

「マジか。ありがとうございます」

「うん。感想、聞きたいです？」

「うーん……聞きたく、ないですかねぇ」

「え、なんでですか？　面白かったのに……」

それより、集くんにとってわたしはいつぶりの彼女？　と訊《き》きたかった。そんなＴＨＥ重い女っぽいこと、訊けないけどさ。

「面白かったで充分です。それより、敬語やめません？」

「たしかに。やめましょう……いや、やめよう」

「やめよう！」

幸せだった。

小説を書くことより、居酒屋のバイトで集くんと一緒になる。

バイトを上がった後に別の店でお酒を飲む。

一緒に家に帰る。眠る。そういうことのほうが幸せだと思ってしまった。


「ここまでの原稿、ありがとうございます。どんどんよくなってきてると思ってます」

屋代さんはわたしに日本酒を注《つ》ぎながら、言った。

「これまで書いてらっしゃった小説とはちがって、東山さんご本人の肌感が伝わってくるような気がして。べつに突飛な展開があるわけじゃないけど、なんでしょうね。いい悪いっていうよりも、私は好きですっていう……って、編集者っぽくない感想かな」

自分のお猪口《ちょこ》にも日本酒を注ぐと、屋代さんは小さく「じゃあ、乾杯」と言った。わたしも乾杯、と言う。銀座の、料亭とまではいわないが、上品な和食屋さんのカウンター。出てくる料理はどれも洗練されていて美味《おい》しく、わたしはそわそわしながら口に運ぶ。なんだか自分より上等なものを食べている感じがして、食べるたび「ごめん」と思う。先付けの、イカとウニとなにかを和《あ》えた料理にごめん。柚子《ゆず》が香る茶碗蒸しにごめん。マグロと鯛のお造りにごめん。水のように飲んでしまっている日本酒にごめん。わたしなんかの身体に摂取されて、ごめん。ごめん。ごめん。あぁ、酔ってきた。

「ほんと、こんな高そうなところにわたしなんか、ごめんなさい……」

「なに言ってるんですか。体調も回復されて、たまには息抜きですよ。むしろこれまで打ち合わせとかお茶するくらいで、こちらこそお誘い遅くなってすみません」

うわ、これも美味しいですよ！　無邪気に赤い頬を綻ばせる屋代さんはやっぱり綺麗《きれい》で、わたしと屋代さんの間にしっかり線があるんだと思う。

編集者と小説家ということじゃない。

もっと根本的な、線。

屋代さんみたいな人は、きっと恋だのなんだので悩むことなんかないんだろうな。いいな。いいな。選ぶ側かつ選ばれる側。日がな一日家に閉じこもって、歳下の元彼を思い出すたび涙が出る。そんなどうしようもない時間のことを、この人はきっと知らない。触れても痛いだけの傷を、わかってるのに自分で触れて痛がって。その痛みのなかにまた彼を見つけてすがりつくような抜け出せない沼のなかの住人から見ると、屋代さんは別世界の存在だった。

和食屋さんを出て、屋代さんは「もう一軒行きますか？」と訊いてくれた。

でも、お店の出際に何度かスマホを開いてはなにも操作せずにカウンターに伏せるという彼女の動作を見ていたので、

「あ、全然気にせずで。あんまり遅くなっちゃうと、その、彼氏さん？　とかにも悪いですし」と嫌味に聞こえないよう慎重に言ってみた。

と、屋代さんが一瞬目を丸くする。

「え、彼氏？」

「いや、あの、さっき何回かスマホ見てらっしゃったから……その、彼氏さんからの連絡待っってたりするのかなぁとか……すみません、勝手に」

「あははは」

屋代さんが笑ってわたしの肩を叩《たた》く。

「まだ東山さんが大丈夫だったら、もう一軒、ぜひわたしに付き合ってもらってもいいですか？」

「え……あ、はい……」

「じゃあ、決まり！」


集くんの運転するレンタカーに乗って、熱海へ泊まりにいった。

お互いの推しアニメ『あの日見た花の名前を僕達はまだ知らない。』の聖地巡りで秩父にもいった。旧秩父橋を渡った。

ふざけて集くんに「じんたぁぁん！」と叫ぶと、「メンマぁぁ！」と叫び返してくれた。

深夜、映画の『花束みたいな恋をした』を二人で観た。

菅田将暉はめっちゃかっこいいけど、わたしにとっては集くんのほうが好みだ。集くんにとって、わたしは有村架純より好みだろうか？　果たして。

「いつか流ちゃんが書いた小説がこの映画みたいに映像化されたらぜったい観にいくよ」

そう、集くんは言ってくれた。

「いくよ、じゃなくて一緒に観るんでしょ」

「あは。そうだった。一緒に観にいこう」

「いこう！」

「いこう！」

その日の明け方、変なテンションになって始発で向かった三浦海岸。砂浜から眺めた朝陽の光は荘厳かつ、絶景だった。

あまりの美しさにふたりともなにも喋らず、でも、たしかに通じ合っていた。


楽しさが詰まっている日があれば、もちろんモヤッと終わる日もある。

その繰り返しのなか二人の関係がもう誰の手にもおえないくらいどんどん絡まっていって、いつか解《ほど》けなくなったら、いいな。


「流ちゃんはいいよねぇ。なんていうか、手に職があってさ」

ファミレスでの夕食後、ドリンクバーでだらだら粘っていると集くんがぽつり、言った。

「べつによくないよー。手に職っていっても、資格があるわけじゃないし、原稿料とか印税だって本出せなきゃないんだから」

「それでも、限られた人にしか出来ないことをしてると思う」

集くんは大学卒業を来年に控え、就職活動に突入していた。彼より多少歳を食ってるとはいえ、結果的にわたしは就職活動を経験したことがない。だからその大変さを知らないわたしから、調子はどう？　なんて訊くのはなんとなく避けていた。が、この感じだとあまり上手《うま》くいってないのだろう。

「べつにそうでもないよ。いまはＴｗｉｔｔｅｒでフォロワー数持ってる人の小説とかのほうが人気あるし、わたしなんかＳＮＳほとんどやってないからあー文学賞狙うよりＴｗｉｔｔｅｒ活動やっときゃよかったなぁとか思うしね。それにほら。結局、一冊は出せたけど二冊目はまだ出せてないわけで原稿書いてもボツばっか食らうしさぁ。実質アルバイターですよ。ただの居酒屋アルバイター。はぁ、店長に頼んで正社員にしてもらえないかなぁ」

「……よくないよ。そういうこと言うの」

半分冗談、半分自虐で言ったつもりのセリフだったが、集くんはくすりとも笑わずにまっすぐわたしを見ている。

「うん。やっぱよくないと思う。流ちゃんはどう考えてもすごい人だし、もし冗談だったとしてもそういう流ちゃんのなんの気もない言葉で傷つく人だっているんだよ」

「……ごめん」

「あ、いや。うん……」

ズルズルと、二人の啜るストローの音が不規則に、しばらく鳴る。わたしだって辛いんだよ。書いても書いてもボツになるのは本当だし、最近は原稿に向かうことすらこわいんだよ。一文キーボードに打ち込んでいくたびに自分の才能のなさを思い知るんだよ。それでも発表する宛のない小説を書き続けて、親や友だちからも遠回しに「次はいつ本出るの？」と心配されて。そのたびに曖昧《あいまい》に笑ったりして誤魔化してる。

本を出すために書く小説なんて、たぶん、本来はよくないんだよ。

「ある物語」を綴《つづ》りたいから、書かざるを得ないから、書くのが本当の小説家なんだよ。

ファミレスを出て歩いていると、バス停の前で急に、

「じゃあ俺、こっからバス乗るね」

と集くんは言った。

「え、あ、泊まってかないの？」

「うん。帰って企業研究しなきゃだし。ほら、新卒の就活って人生で一回だけだから、全力で頑張りたいんだよね」

「そっか、そうだね。頑張って」

「ありがとう。流ちゃんも小説頑張って」

「うん、ばいばい」

「ばいばい」

煙立ち上る煙草を持ったまま、集くんは手を振った。

集くんと別れ、ひとりで夜道を歩きながら、「新卒の就活って人生で一回だけだから」という言葉が頭のなかで繰り返し響いていた。

じゃあ、わたしとの関係は？　思って、悲しくなった。

なんの気もない言葉で傷つく人だっているんだよ。

そっくりそのまま、彼に返してやりたかった。


小説を書くこと。

自分が、自分でいるためにわたしは書いている。

集くんとのこと。

自分が、自分ひとりでは味わえない幸福な感情を抱くことができる。

自分ひとりでは味わうことのなかった寂しさは、その付録。


いろんな思念を胸に仕舞っておいて、集くんが就職活動を頑張っている間、わたしも小説を頑張ろうと思った。動物園で働く新米飼育員の物語。ほそぼそ銭湯を続けていた祖母が死んで、急に跡を継ぐことになった若い女性の物語。虎（動物の）と恋に落ちる男の物語。書いては担当の編集さんに送った。送っては、メールや電話でダメ出しを食らって、直して、煮詰まって、「一旦この小説は置いといて、別のものを書いてみませんか」と提案される。

バイト、小説、バイト、小説、バイト、たまに集くん。

就職活動を理由に集くんがシフトに入ることはほとんどなかったから、バイト終わりにわたしが集くんの家に遊びにいった。わたしが来ると、いつも集くんはひどく疲れた顔をしていた。一、二杯缶ビールを飲んで、ベッドでキスして横になる。

彼の胸のなかで「好き?」と訊いてみる。

「好きだよ」

「どのくらい?」

「めっちゃたくさん」

その言葉に安心して、わたしは眠る。

もうちょっと頑張れる。

明日も小説を書く。

そして集くんも頑張ってねと、心から願うことができる。

「東山さんにね、会って話してみたいって言ってるんですよ。たぶん『溺れる季節』を読んだんだと思うんですけど、うちだけじゃなくていろんな出版社と仕事するのは東山さんにとってもいいことだと思うし、一度会ってみてもいいのかなって僕は思うんですけど、どうですかね？」

編集さんからそんな連絡をもらって、わたしは指定されたカフェへと向かった。こうやってほかの出版社から会いたいと言われるのは嬉しいが、反対に元の編集さんからは見限られてしまったような気が若干しないでもない。

妙に複雑な気持ちのままカフェに入ると、綺麗な女の人が席に座っていた。それが、屋代さんだった。屋代さんはわたしを見ると、立ち上がった。

「麒麟《きりん》社の屋代と言います。すみません、突然連絡させてもらって。あ、なに飲まれますか？　メニューこっちにありますよ」

「あ、じゃあ……ホットコーヒーで」

「私ホットティーにしよっかな」

すみませーん、と店員を呼ぶために挙げた手。その、指先の爪には水色のネイルが塗られていて目を惹《ひ》く。その綺麗な爪が名刺を掴《つか》んで、わたしの前にそっと置く。

「あの、それでですね。急な連絡でお会いさせて頂いたのが、とあるアーティストとコラボした小説を出せないかと企画してまして」

「はぁ」

あちっ、と思いながら、我慢してコーヒーを飲む。

「理芽って知ってますか？」

「リメ……えーっと…。すみません、知らないです」

普段音楽聴かなくて、そう言いそうになって、じゃあ他の人にお願いしますとならないようぐっと言葉を引っ込める。

「いわゆるバーチャルシンガーなんですけど。彼女が歌ってるなかに『食虫植物』っていう曲があるんですね。その楽曲からインスピレーションを受けた感情を小説という形で物語にして、一冊の本にできないかなと思ってまして」

「曲を小説にってことですか？」

「いえ、まぁ曲をもとに小説を書くっていうよりは、曲を聴いて頂いて、その世界観とかエッセンスを東山さんなりに抽出してもらって物語にしていけないかと」

「へぇ……。面白そうですね」

そう言いつつ、自分にできるだろうかと不安になる。これまでそんな小説の書き方したことないし、でも、間違いなくこれはチャンスで、ちゃんと書き上げることができたら、わたしにとって二冊目の本となるのだ。さっきちらっと屋代さんと喋りながらスマホで調べたら、『食虫植物』という曲のミュージックビデオはＹｏｕＴｕｂｅで四〇〇〇万回近く再生されていた。やば。四〇〇〇万って日本の人口の三分の一じゃん。

「あの……ちなみに、なんでわたしにお声がけくださったんですか？　あ、べつに理由なかったらそれはそれで大丈夫なんですけど……」

「理由ないわけないじゃないですか。謙遜しすぎですって」

「そう、ですかね」

「そうですよ。『溺れる季節』は拝読したことがあって、今回の企画を思いついたときに東山さんにお願いしたいってすぐ自分のなかで決まったんですよね。あの、視点人物がどんどん変わっていく構成とか、文体を登場人物によって変えてたりされてるじゃないですか？　その作風が今回とぴったりかなって思って」

その言葉が本当かどうか置いておいても嬉しかった。他人の言葉なんて裏を探っても仕方ないじゃないか。なんて、都合のいいときだけ、都合のいい人生哲学を発揮するわたし。

がっついてると思われないよう余裕を見せながら、けれど絶対にやりたいと思った。執筆料や〆切のスケジュールを確認していく。

お金がいくらでも、スケジュールがタイトでも正直どうでもよかった。

自分が小説家であるという事実を、これで取り戻すんだ。


屋代さんとの打ち合わせは首尾よく終わった。まずは『食虫植物』という曲を繰り返し聴いて、どんな話を書くか、物語のメモを一週間以内に屋代さんへメールで送ることになった。

カフェを出て、この後どうしようかと思った。とても気分がいい。

誰かに新しい本のことを伝えたくて、その誰かとはすぐに集くんのことだとわかった。この嬉しさを集くんに共有したい。一緒にわかち合いたい。

ＬＩＮＥや電話では物足りなかった。合鍵は持っている。サプライズ。わたしは集くんの家に向かうことにした。向かう途中にちょっといいお酒とつまみを買おう。で、集くんが帰ってくるのを待って、この話をする。集くんは喜んでくれる。一緒にいいお酒を飲む。最近ちょっとギクシャクしてたけどこれでチャラだ。

そのはずだった。

だった、のに、リクルートスーツ姿で帰ってきた集くんの反応は、

「ごめん。今日はちょっといいかな、その話」だった。

「……え？」

「いや、ごめん。なんていうか、流ちゃんの仕事でいいことがあったのは嬉しいっていうか、よかったねって感じなんだけど、ちょっといまは聞きたくないっていうか、聞く余裕ないっていうか……え、てかなんでその話、いま俺にしてくんの？」

集くんは目を合わさず、ジャケットを脱いで着けていたネクタイを荒々しく外す。

「なんでって……。だって、言いたいじゃん。え、普通さ、いいことあったら好きな人に報告したいじゃん」

「普通ってさ、それって流ちゃんの普通だよね」

「それはそうだけど……でも、そんな言い方なくない？」

「だからごめんって謝った上で言ってるじゃん。ただ.さ、いま他人の幸せ聞ける精神状態じゃないんだよね」

「他人なの？　わたし」

「え、そりゃ、他人か他人じゃないかでいったら他人でしょ。家族ではないし」

ズボンを脱いで、ワイシャツにボクサーパンツという間抜けな姿になった集くん。目を合わさず、部屋着のスウェットに着替えて、換気扇の下へと移動し煙草を吸いはじめる。

大きく煙を吐く。ふわっと広がった、漫画の吹き出しみたいな白い煙は換気扇に向けて集約されていく。ファンに吸い込まれ、消えてなくなっていく。


「それで、辛いって言われたんですよね。わたしといると辛くなる。だから合鍵返してって。俺も返すからって」

屋代さんは黙って、深くうなずいた。

二軒目で移動したバーは、入ったときこそ他に客もいたが、いまはわたしたちだけになっていた。木目調の壁にかかった時計を見ると、もう三時だった。

「いまは、連絡とり合ってないんですか？」

「とってないですねぇ。や、別れてしばらくはとってたんですけどね、なんかそれも辛くなっちゃって。向こうのＴｗｉｔｔｅｒとか無駄に検索しちゃうし。自分とは関係のないところ、関係を持てないところで好きな人が生きてることが耐えられないっていうか……。あ、死んで欲しいわけじゃないですよ？」

「わかるなぁ。私はいっそ死んでくれたら楽なのにって思っちゃうけど」

そう言ってとろけた笑みを浮かべると、屋代さんは目の前にあるショートカクテルの残りをぐっと飲み干した。

「あの、さっき言ってた思い出の場所、どことどこでしたっけ」

「熱海と秩父と、あと三浦海岸？」

屋代さんはひとりうん、と頷くと、

「よし。じゃあいきましょう」

「は？」

「すみません、お会計を」

バーのマスターに名刺を渡し、「領収書の宛名こちらで」と伝える屋代さんに、

「あの……酔ってます、よね？」と訊く。

「そりゃ酔ってますよ。三時ですからねぇ」

そう言って、屋代さんは屈託なく笑う。

店を出ると路上でタクシーを捕まえた。

「あの、三浦海岸まで」

と屋代さんが伝えると、運転手も「え、あの三浦ですか？」と訊き返す。

はい、あの三浦です。と念押しして、

「熱海と秩父は遠すぎるんで、すいません」

謝る屋代さんに、

「あの……大丈夫ですか？」そう尋ねてみる。タクシー代とか、そういうことじゃなくて。走り出したタクシーのなか、

「大丈夫……じゃないかもですね」

そう言って髪を耳にかけると、屋代さんは遠い目で流れる景色に顔を向けた。


まぁ、簡単に言うとセフレだったんです。

その人会社の同僚の知り合いかなんかで、飲み会で初めて会って。べつに顔がいいとか、そんなんじゃないんですけどね、特段。なんか、喋ったときから惹かれるものがあったっていうか。なんなんでしょうね、あれ。

人が人を好きになるって本当に不思議っていうか、もし好きになる人に仮で基準をつくるとしたら、ほら、例えば肩書きとか年収とか？　ルックスの好みとかが大体イメージすることじゃないですか。けど、そういうのをぶっ飛ばして勝手に人に惹かれるときって、あるんですよね。シックスセンス？　第六感？　っていっても、今回私のセンスは外れたんですけどね。その人、長いこと付き合ってる彼女がいて。

セックスする前に知ってたらさすがにそうはなってなかったかなぁって思うんですけど、わかんないですね。やっぱ、知っててもおんなじだったのかな。身体をね、重ねてるとき、その人と一緒にいるときが幸せすぎて、たぶん、それ以外の時間で感じる寂しさとか不安とか、そういうのを一緒にい

るときの幸せが超えちゃってて。

私、自分のこと大人だと思ってたんですね。まぁ、年齢は大人なんですけど、ほら、別に身体だけの関係で私は満足できるっていうか、分別ある女だから、セフレでいいやっていうか。彼の本命押しのけて私が彼女になりたいとか、本命に嫉妬《しっと》するとか、そういう女はみっともないみたいな感覚？があったんですよ。

でもね、お察しの通りなんですけど、ちゃんと好きになっちゃったんですよね。

私、その人のことが本当に好きだったんです。

あー……好きだったなぁ。

あのとき電話なんてしなかったらよかったのかな。

セフレ以上のこと求めてなかったら、彼の気持ちまで欲しがらなかったら、いまもまだ会ってくれてたのかなぁ。


空には若干明るみ始めているところもあるが、視界の全体としてはまだまだ暗かった。

県道沿いでタクシーを降りる。運賃はとっくに三万円を超えている。

「ぜんぜん、この前ボーナスだったし、そもそも会社で切るつもりですし」

道中で酔いの冷めた様子の屋代さんは平気な顔をして「クレジットカードで払います」と運転手に言う。編集者って、やっぱりお給料いいんだな。

車を降りると、波の音がした。潮の匂いもする。たしか道沿いのガードレールに一ヶ所切れ目があって、そこに雑木林を抜ける小道があったはず。

滑りやすいから気をつけてね。


あの日そう言って、集くんはわたしの手を握ってくれた。

「滑るんで、気をつけてくださいね」

「はい……あっ！」

言ったそばからヒールの屋代さんは転んで尻餅をつく。

「いったぁ！」

今度はわたしが屋代さんの手をとって（遅かったけど）、身体を引き起こす。

「ケガないですか？」

「暗くてわかりません！」

二人でわーわー騒ぎながらやっと砂浜へと出た。

海岸はずーっと。ずーっと先まで伸びている。

北東の方角には灯台なのか、チカチカと点滅する光がある。風がつよい。

たぶん、もうすぐ——そう言いかけたとき、水平線の彼方からパッと鋭い光が射した。

「うわぁ……」

風で、髪もスカートも破茶滅茶に乱しながら、それでも屋代さんは一点を見つめている。

「……朝日」

「……朝日、ですね……」

その鋭い光は、ゆっくりと海から空へと昇っていく。それが円の一部を形づくり、白なのかオレンジなのか、もはやよくわからない発光体として、夜だったこの世界を朝へと変えていく。この世界を、今日から明日へと変えていく。

わたしも屋代さんも、朝の輝きを浴びて、しばらく立ち尽くしていた。


東京への帰りの電車で、屋代さんは言った。

「小説でね、小説っていう世界で、東山さんの失恋も、できたら私の失恋も。読んでくれる人の想いも、なんていうか、成仏させてあげて欲しいんですよね。きっとあなたの書く文章にはその力があります。本当にあるんです。私は、そう思ってます」


二時間近くかけて三浦から家に帰ってきたとき、わたしはボロボロになっていた。潮風で髪はばっさばさ。マスカラは剥《は》ぎ取られ、電車に揺られ爆睡していたので顔はむくみまくっている。

「はぁ」

おっきなため息を吐いた。

この、誰もいない、きっと二度と集くんが来ることのない部屋で、わたしは今日も小説を書くのだ。

書いて、書いて、書く。わたしの小説を。わたしたちの物語を。

けれど、その前にお腹が空いていた。

ので、まずはカップラーメンのお湯を沸かすことから始めようと思う。

理解されない、
理解されたい
理解されないのは
地球規模

オープニング

食虫植物とは
食虫という習性を持つ
被子植物門に属する
植物の総称

食肉植物 肉食植物と
言われる場合もある

食虫植物は
「虫を食べる植物」ではあるが

虫だけを食べて
エネルギーを
得ているのではない

基本的に
光合成能力があり
自ら栄養物を合成して
生育する能力がある

「えんちゃん、別れてください」

拓也《たくや》に言われたとき、一瞬思考が停止した。あ、嘘《うそ》かな。なんかのサプライズかな。そう思いかけ、でもやっぱりテーブル越し、わたしの顔から視線を外さない彼の顔からはそんな展開まったく伝わってこなかった。

二人の関係を終わらせたい。

明確な意思が痛すぎて、ついわたしのほうが目を逸《そ》らしてしまう。いや、これはわたしがずっと、拓也から目を逸らし続けてきた結果なのかもしれないけれど。

沈黙。その間に鳥の暢気《のんき》なさえずりが聞こえてくる。

別れてください以降、拓也も黙っている。あくまでボールは投げましたよ、ってことか。目の前の、さっき淹《い》れたドリップコーヒーの湯気がゆらゆら揺れて消えていく。行き場をなくした、わたしの言葉のよう。いっそ自分も消えてなくなりたい。

「とりあえず、仕事いくから」

逃げるようにわたしは席を立って、一口しか飲んでいないコーヒーをキッチンの流しに捨てる。クリーニングに出していたパンツスーツとジャケットを着ると、パソコンや資料の重さでダンベル代わりになりそうなバッグを肩にかけて家を出た。パンプスを履き、ドアノブをひねっても、拓也はなにも言わなかった。いつもの「いってらっしゃい」が聞こえないまま、背後で扉はガタンと閉まった。

電車に揺られ、日比谷にある会社へと向かう。

車窓を流れていく景色は昨日と同じはずなのに、なにか欠けて見える。いっそモノクロにでも映ればいいのだが、現実にそんなことはなくて、ただ、わたしだけがこの世界から他人扱いされてるような気持ち。

そばにあるべきもの、あったもの。それは目に見えなくて、けれど永遠に続いていくのだと勝手に思い込んでいた。山あり谷あり。これまでだって越えてきた自負があったし、積み重ねてきた過去というなににも代えがたい証拠を信じていた。拓也との過ごしていく未来がわたしにとって「当たり前」なことなんだと疑いもしなかった——ほんとに？

——あの、今度お花見いきませんか？

四年半前、拓也に言われたセリフを思い出す。

——お花見いいですねぇ。いきましょう。だれ誘いましょっか。

——そうですね……できれば……二人でいけたら嬉《うれ》しいです。

——え？

共通の友人との飲み会で知り合い、それから二回、同じグループの飲みで一緒になった。それまでの会では店での席が離れていたため、たぶんほとんど喋《しゃべ》らなかったと思う。だから、その日はじめて隣に座った男性から二人での花見に誘われたとあって、正直わたしは戸惑っていた。それに。

——っていうか、まだ十二月ですよね？

自分で言葉にしてつい吹き出してしまったのを覚えている。

そのあと聞いた話によると、クリスマスにいきなり誘うのはあからさますぎるし、一月は新年会などで忙しいだろう。二月は自分の誕生日だから、それも重いかもしれない。考えあぐねた挙句、お花見という口実を思いついたのだという。

——慎重っていうか、一周回って変。

——そうかな。

——そうですよ。

年が明けた四月、わたしは本当に拓也と二人で、お花見にいくことになる。


会社に着いて、入構証をゲートにかざす。テロンと音がする。エレベーターホールでわたしが所属する映画事業部の部長と一緒になる。

「おはようございます」

こんなときでも挨拶《あいさつ》はオートで口から出る。それがなぜかちょっと口惜しい。

「おはよう。ってあれ、朝田《あさだ》って今日劇場に直行じゃないの？」

「え、あ……」

部長の言葉にハッとする。そうだ、そうだ。こんな大切なことが頭からすっぽり抜け落ちてるなんて——腕時計を見る。まだ九時前。朝食も食べずに家を出てきたから、もともと映画館に向かうつもりの時間よりまだ早かった。タクシーに乗らずとも、電車で行けば充分間に合うはず。不幸中の幸い。いやでも不幸がでかすぎる。

「ちょっとデスクに忘れ物しちゃって」

「そっか。初めて企画通した作品だもんなぁ。朝田にとって大切な日になるね」

「そう、ですね」

答えに困りながら、曖昧《あいまい》に頷《うなず》く。わたしにとって大切な日。

エレベーターが止まり、部長と連れ立って映画事業部のフロアにある自分のデスクへと着く。とっさに誤魔化したものの、忘れ物なんてなかった。本当に忘れ物をしたのか部長が見てるわけでもないが、取り繕うように引き出しを開けた。仕事で辛《つら》いときに見ていた、拓也と映ったツーショット写真が目に飛び込んできて瞬間的に泣きそうになる。

拓也の隣で無邪気に笑っているわたし。

なんで、こうなるかなぁ。閉めようとした手が止まり、わたしはその写真を掴《つか》んでいた。忘れ物。あの頃の思い出がなかったことになりそうでこわくなった。バッグに入れていた手帳に写真をそっと挟むと、足を踏ん張り椅子《いす》から立ち上がる。

――さしぎって知ってますか？

拓也は満開の桜を見上げて言った。

――さしぎ？

拓也の視線を追って、頭上を覆うように花開いた桜を見上げる。ひらひら風に揺られながら、花びらが舞い落ちる。わたしの広い額に落ち、ぴたっとくっついた一枚をおかしそうにつまんで、拓也は教えてくれた。

——桜って種から育てるのが難しいんです。だから木の枝を切り取って、土に挿《さ》して増やす。挿す木と書いて「挿し木」。

——え、枝を挿したらそれが木になるってこと？

——ですね。枝から根が出てきて、それが長い年月をかけて新しい木になっていく。

——それって凄《すご》くないですか？

——凄いですよね。なんか命が受け継がれていくみたいで。だから、もしこの綺麗《きれい》な桜の木がいつか枯れてしまっても、なかったことにはならない。この木の枝から育った桜が、ほかにもたくさんあるから。

——ふふ。

そう、心から慈しむような表情で桜の幹の部分をさすっている拓也を見ていると、つい笑いがこみ上げる。あぁ、この人だったんだと思った。これまで叶《かな》わなかった片思い。付き合っても結局はお別れすることになった人々。

楽しいことも、辛いことも、この人と出会うための時間だったんだ、と。拓也と知り合った飲み会だって、前の彼に浮気された上に振られなかったらたぶん参加してないしなぁ。

——あれ。僕なんかまた変なこと言いました？

——変じゃない。いいと思います、その考え。なかったことにはならない。

よかった……つぶやいた拓也の手を、あの日はじめてわたしは握った。この人と一緒にいたいと思った。できればずっと。できなくても、ずっと。

日比谷から、映画館のある六本木までは電車で一本だ。着いた改札をくぐって地下鉄から地上へと続く長いエスカレーターに乗る。前の段に立った外国人の二人組が忙しそうになにか喋っていて、元気だなぁと羨ましくなる。建物の上は大きな天窓になっていて、透明な日の光が降り注ぐ。このエスカレーターに乗っていると、いつも天国につづく階段を登らされてるような気分になる。目の前で肌の白い外国人夫婦が腰に手を回しあって静かに談笑している。

映画館に入ると、すでに舞台裏のスタッフ控室には会社の先輩でチーフプロデューサーの佐藤《さとう》さんとベテランのアシスタントプロデューサー猪俣《いのまた》さんがいた。

「あ、すみません、遅くなっちゃって」

「べつに遅れてへんやんか」

数々のヒット作に携わってきた猪俣さんが笑う。今回の作品で初めてプロデューサーを務めたわたしにとって、百戦錬磨の猪俣さんの存在は撮影期間中でも、その後の編集などの作業においてもとても大きかった。まさに、縁の下の力持ち。

「ハレの日で浮かれてるかと思ったら、そうでもなさそうだな」

佐藤さんはぼそっという。いつもぼそぼそ喋るから佐藤ぼそさんと陰で渾名《あだな》されているこの人も、歴戦の映画プロデューサーだ。

「落ち着いとるいうことやろ」

猪俣さんが言ってくれる。わたしは「どうですかねぇ」と頭に手を当ててみせた。いま、うまく笑えているだろうか。

「監督はまだですよね？」

「あぁ、ぎりぎりやろ。撮影でも集合時間ぎりしか来ないんやから」

「じゃあわたし、念のためスクリーン見てきますね。あとで役者の受けの動線とかすり合わせさせてください」

椅子にバッグを置いて、ひとりその場を離れる。スクリーン2。三百人以上が入る劇場内には当然まだだれもいない。がらんとして、空調の音がかすかに聞こえるだけ。数時間後にはここがお客さんで一杯になるのだ。パン、と両手で頬《ほお》を叩《たた》く。

ちゃんとしなきゃ。本当にたくさんの人が関わって完成した作品なんだから。たくさんの人に、観てもらうための、感動してもらうための作品なんだから。この企画が社内で通ったとき、だれより喜んでくれたのは、拓也だったな。


――ほらぁ。動かないでよー。

――だって……くすぐったい。

付き合って三年目のハロウィン。人でごった返す街にわざわざ繰り出す歳でもないでしょうと、その年は同棲をはじめたマンションで過ごしていた。だが、なにもしないのもつまらないというわたしの発案で、拓也の顔にメイクを施し遊ぶことに。

――一回もやったことないの。

――ないよ。大体の男はないんじゃない？

――いまの若い子は男でもするっていうよ。

――俺若くないし。えんちゃんの二個上。知ってた？

――知ってた。

うんざりした様子の拓也の頬、鼻、あご、と順に下地を塗っていく。

その上にシリコンパフでファンデーションを乗せる。拓也の顔の肌は、歳のわりにハリがある。いつも習慣的に自分でやってるとなにも思わないが、他人にメイクをしていると、お絵かきでもしてるみたいで楽しい。

――こんなのよくやるよねぇ、毎日。

――そりゃマナーですよ。マナー。

――そんなマナーだれがつくったの。

――知らない。世の中のあなたたち男性諸君じゃないの。

――そんなことはないんじゃない？

話しながら、はじめは心配そうに鏡に映る自分の顔を見ていた拓也だったが、観念したんだろう。

いつの間にか目をつむってなされるがままになっている。

メイクしながら、拓也はほりが浅いくせに鼻の稜線はまっすぐ整っていて、化粧映えする顔立ちだと気づく。そもそもの眉の毛が薄いので、アイブロウマスカラを綺麗に塗ってあげればぐっと印象も変わるだろう。腕によりをかけて三十分。

——完了！　目、開けていいよ。

そう言うと、拓也はゆっくり瞼《まぶた》を開ける。

——……へぇ。

——へぇ、じゃなくてもうちょい感想言いなさいな。

反応がにぶく、つい迫ってしまう。というのも、自分で言うのもなんだけど、メイクの出来はかなりよかったのだ。せっかくだからと少し派手めにしてみたのがどんぴしゃにハマって、これでウィッグでもつけて女物の服を着れば、まぁまぁ男性にもモテそうな気がする。

拓也は不思議そうに自分のまつ毛についたマスカラや、頬を赤らめているチークに触れながら、

——なんていうか、自分じゃないみたい。

とつぶやいた。わたしは嬉しくなって、

——ってことは成功？

——えっと、まぁ……成功なのかな？

そう照れ臭そうに笑う拓也に無理やりハイタッチして、せっかくなのでそのままメイクを落とさせずに鴨肉のローストとかぼちゃの煮付けという組み合わせのディナーを食べた。

——かぼちゃの煮付け……。

――パンプキンパイでもつくってみようと思ったけど、諦めちゃった。でもほら、かぼちゃだし。

――いや好きだけどね。っていうか、えんちゃんらしいけど。

ふふ、と笑い合い、シャンパンで乾杯する。

――ハッピーハロウィン！


「お願いしま～す。うわ、監督お久しぶりですー。わ、佐藤さんも朝田さんも！　うわーイノッチさーん！」

会場入りした主演女優の楓《かえで》ちゃんはスタッフ全員へと律儀にリアクションしてくれる。猪俣さんにぎゅっと抱きつく楓ちゃんに「このまえのドラマ見たよ。お芝居よかったよね、てかちょっと俺泣いちゃったもん」と横から監督が話しかけている。たぶん猪俣さんが羨ましいんだと思う。

「監督との撮影経験したからですよ～。なんか自分のなかで一皮向けたとこあるっていうか。監督との長回し懐かしいなぁ。それまでけっこうカット割られるタイプの監督としかご一緒してこなかったんで新鮮でしたぁ」

楓ちゃんの言葉に、監督は満更でもなさそうな顔。まだ二十歳そこそこなのにしっかりしてるなぁ、とわたしは感心しながら、

「じゃあ着替えとメイクしてもらったら、他の役者さんたちと一緒に軽く今日の打ち合わせさせてください」と業務連絡を差し込む。

「は～い」

我々スタッフに愛想よく手を振り、楓ちゃんはアテンド係の猪俣さんに先導されてマネージャーと一緒にメイク部屋へと向かっていく。

「褒められたなぁ」

佐藤さんがぼそっと監督に言う。

「いやー、そうっすかねぇ?」

「褒められてたよ」

「そうかなぁ」

「うん」

あぁ、佐藤さんも楓ちゃんと話したかったんだなと思って可笑《おか》しかった。その後も続々と作品に出演してくれた俳優たちが会場入りしていく。どの俳優も、特に若い子ほど撮影が終わってしばらく会わないうちに成長したなというのが顔つきから伝わってくる。みんな、お世辞でも今日を楽しみにしてたと言ってくれるのが嬉しい。

全員メイク室に入ると、支度が終わるまで時間が空いた。スタッフ用控え室でしばらく歓談する。

「そういえば朝田ちゃん、彼氏とはどうなの。もうすぐ結婚?」

「え。それ、セクハラですよ監督」

不意に胸を刺され、なんとかリアクションした。

「いやーやめてよ。ちょ、これもセクハラなんすか?」

演出に関しては繊細が売りの監督だが、この人は仕事以外でとにかく間が悪い。

「朝田ちゃんがセクハラって思うたらセクハラやないの」

猪俣さんに突っ込まれ、「難しい世の中だ……」と監督は落ち込んでいる。ちょっと言いすぎたかなと内心監督に謝る。ごめんよ。

約三ヶ月、このメンバーと毎日顔を合わせて撮影していた日々が懐かしい。いまだからそう思えるが、楽な撮影などこの世界にはなくて、わたしはけっこうギリギリの精神状態だった。出演者の他の仕事とこちらの撮影の調整。予算管理。機材の故障。スタッフ同士の喧嘩《けんか》……あげたらキリがないほど毎日なにかが起こる。わたし自身、プロデューサーという初めての立場では単純に知識が足りなかったり、仕事の勘どころがわからなかったりで周りにたくさん迷惑もかけた。それでも持ちこたえられたのは拓也がいたから。隣にいなくても、ゆっくり一緒に過ごせなくても、拓也はわたしの味方でいてくれる。そう思えたから、ずっとひとりじゃなかった。

どうしようもなくなったらあの日の桜の木の幹みたいに、わたしの心の幹を、拓也がやさしくさすってくれてるという（勝手な）確信があった。

――ただいまー。

撮影も終盤にさしかかった頃だった。いつも終電で帰ってくる生活のなか、その日は出演者の体調が急に悪くなり、ワンシーンの撮影を丸ごと別日に移すことになった。スケジュールとしては厳しくなるが、なにより体調が第一。そう、最終的には佐藤さんが判断した。ある意味そのおかげで、久しぶりに早めに帰宅することができたのだ。

――拓也？

電気のスイッチをつけて、玄関からリビングへと入っていく。が、拓也の姿はない。今日は早めに帰れそうと連絡しておけばよかったかな。あまり外食を好む人ではないが、どこかへ食事にでも出たんだろう。このところ寝顔しか見ていない生活だったからちょっと残念。とりあえず着替えようと寝室に向かうと、扉の隙間から光が漏れている。もう。またつけっ放し……そう思い、電気を消そうとその扉を開けた。と、なにかが割れる音がして、見ると人が立っている。

——え？

立って固まっているのは、拓也——なのだが、わたしの知ってる拓也ではなかった。髪は長く、顔の半分だけ肌がいつもより白い。片方剥《は》げかけたつけまつ毛。それで気づいた。地面に落ちて割れているのは、ガラス製の化粧落としの瓶。

——えっと……なにしてんの？

そう尋ねても、拓也は俯《うつむ》いて目を合わせず、なにも答えてくれない。

——会社で余興でもやんの？　てか珍しいね、そういうの拓也やんないタイプじゃなかったっけ。

なんだか悪い予感がした。胸の底から喉元へと、その予感がせり上がってきて吐きそうだった。だからその予感を忘れようとして、代わりに平静な言葉を吐き出す。

——てかさ、ご飯もう食べた？　わたし久しぶりにこの時間に帰れたからさ、なんかもったいなくてロケ弁食べてないんだよね。それ着替えたらさ、あ、その化粧落とし割ったの気にしなくていいし。だからさ、どっか食べいかない？　明日も朝から撮影だからサクッとだけど。わたしリビングで待ってるからさ、ね、そうしよ。

そこまで一気に喋ると、拓也の口がかすかに動いた。

——……え？

——わからない……。

拓也の、声が震えている。

——自分が自分でなにしてるか……わからないんだ……。だって俺……男だし。けど、なんか、なんで俺こんなことしてんのかな……。

それ以上もう聞きたくなかった。聞いてしまうと戻れなくなってしまう気がした。

——えんちゃん、ごめん……。

——いや、いやいや。なんの謝りなのか全然わかんないから。

この謝罪を受け止めたら、なにかが終わってしまう。なにが？　けれどわたしはこの会話のやりとりからとにかく逃げたかった。目の前の拓也に理由や結論なんか求めたくない。さっと踵《きびす》を返すと、背中越しに言った。

——とりあえずほら、それ落としてさ。着替えて、なんか食べいこ。お腹すいちゃったぁ。

そして一歩踏み出し寝室の扉を閉めた。拓也から返事はなかった。ただ心臓が凄《すさ》まじい速度で脈打ち、その音が胸から部屋中に響いていそうだった。

撮影中、夜になると考える。そろそろ拓也は仕事から帰ってきた頃だろうか。なにをしてるだろうか。また寝室の鏡に向かってメイクしているのだろうか。あのウィッグはどこで見つけて買ったのだろうか。落として割ったわたしの化粧落とし。拓也は翌日に同じものの新品を買ってきていた。どこにでも置いてあるブランドじゃない。すでにけっこうな化粧品の知識を持ってるようだ。やっぱりきっかけはあの日。ハロウィンの日に、わたしがふざけて拓也にメイクをしてしまったせいなのかな。拓也はいまも女性が好きなんだろうか。わたしのこと、好きでいてくれているのだろうか。

――いつか枯れてしまっても、なかったことにはならない。

拓也の言葉の意味が、わたしのなかで揺らぐ。この気持ちは、拓也とわたしは、どんなことがあっても終わらない。二人の関係はずっと続くのだ。そんな自分の解釈が、都合のよいものに思えてくる。

「めっちゃお客さん入ってきてるで。さすが楓ちゃん効果かなぁ」

「ですねぇ。去年の紅白の司会ですし、ありがたいですね」

舞台袖、猪俣さんと連れ立ってわたしは劇場の様子を見ていた。

メイクが終わると俳優たちにはそれぞれ媒体からの取材を受けてもらい、その後舞台に上がるときの段取りを説明。いまは時間までの間、控え室で休んでもらっている。

「情報番組のカメラもけっこう来てくれてるしよかったなぁ。どう？　初プロデュース作品がもうすぐお客さんの目に触れる感想は」

「うーん、正直まだ実感ないですねぇ。てか、猪俣さんがいてくれなかったら何回もわたし死んでましたし」

「そのためのアシスタントプロデューサーやん。プロデューサー助けんでどうすんねん」

「ふふ。ありがとうございます」

「こちらこそ。また別の作品でも使ってや」

猪俣さんはそう言うと、肩をぽんと叩いて先に裏手へと戻っていった。ひとりになってスマホを開く。今朝家を出て以降、拓也からはなにも連絡はない。わたしから連絡すべきだろうか。でも、なんて。うじうじしていると、スマホが震えて悲鳴が出そうになった。

画面には〈屋代《やしろ》 秋《あき》〉の表示。

「わー、久しぶり！　ついにこの日が来たねぇ」

建物の一階へ迎えにいくと、秋が抱きつきそうな勢いで駆け寄ってくる。

「ご無沙汰してます。東山《ひがしやま》先生」

その後ろに立っている小柄な女性に挨拶する。彼女は小説家の東山止《と》まる。映画の原作小説の著者だ。

秋はわたしの高校の同級生で、いまは出版社に勤め、東山先生の担当をしている。

「いやあの、先生なんてやめてください……」

小さくなって恐縮する東山先生に、秋が「いいじゃないですかぁ、先生は先生なんだから」といじっている。

「ちょうど出演者のみなさん休憩中なんで、せっかくだから挨拶行きましょっか」

そんなわたしなんかが……と言いつつ、控え室までのエレベーターのなかで「楓ちゃんからサインもらえたりしますかね」と訊いてくる東山先生が可愛《かわい》かった。

「なんか感慨深いよー。こうやって担当した小説がさ、高校の同級生だったプロデューサーに映像化してもらえるなんて」

「ほんとだねぇ。秋ちゃんが担当した小説だったからわたし読んだんだもん。不思議な縁っていうか」

「えんちゃんだけに？」

「えんちゃんだけに」

東山先生が楓ちゃんと挨拶している間、秋と束の間打ちとけて喋る。

「高校んときほんとバカやってたよねぇ。まぁ、いまも変わんないけど」

「ねぇ。あ、瑠音《るね》からも連絡きたよ。今度家族で観にいくねって。家族で観にいっていい映画なのかよくわかんないけど」

そう言って瑠音とのＬＩＮＥを見せてくれる。

「子どもにはちょっと早いかもなぁ。一応Ｒ指定ついてるし」

「何回か失恋した経験がある乙女向けかな」

「乙女に限らずいろんな人に観て欲しいけど」

「たしかに」

猪俣さんが「もうそろそろ」と声をかけてくれる。それを聞いて、わたしが言うまえに秋ちゃんが「先生、じゃあそろそろ」と伝えてくれる。

「やばいほんとにサインもらっちゃったぁ」

無邪気にはしゃいで控え室から出てきた東山先生を連れて、劇場へと向かう秋。

「じゃあまたね」

「うん、楽しんでいってね」

二人の姿が見えなくなると、いよいよだなという実感が湧いてくる。猪俣さんから「満席やって」という嬉しいようなこわいような報告をもらう。

「俳優のアテンドは宣伝チームに任せて、そろそろいこか」

「そうですね」

楓ちゃんに「舞台挨拶よろしくです」とひと言伝えて、一足先にわたしたちも劇場の中へ。舞台挨拶にはメインキャストと監督が登壇する。ここまできたら、あとわたしたちにできるのは、その様子を見守るだけだ。

劇場につながる裏通路は、舞台挨拶の模様を取材しにきた各媒体のスタッフでごった返していた。その間を猪俣さんと縫って進んでいく。心のなかでよろしくお願いします、いっぱい取り上げてくださいと願いながら。

重い扉を開けばそこはスクリーンのすぐそば。

数時間前までがらんとしていた席は、猪俣さんの言う通り満員のお客さんで埋め尽くされていた。ポップコーンを食べたり、スマホをいじったり。お客さんたちそれぞれの蠢《うごめ》きがひとつの大きな塊となって目に飛び込んでくる。

「うわぁ……やっば……」

「やばいな」

知らぬ間に隣りに立っていた佐藤さんの影の薄さに驚きながら、

「はい……」と答え、緊張で少し身体が震える。

スクリーンの前にある舞台上に、進行役のアナウンサーが現れる。

『みなさん。今日は東山止るの同名小説の映画化による完成披露舞台挨拶にお越し頂き、ありがとうございます』

マイクでそこまで言うと、アナウンサーは深く一礼する。客席からぱちぱちと拍手。下がっていたアナウンサーの顔が再び浮上し、口角があがり、やがて満面の笑顔となる。

『お待たせ致しました。本作のメインキャスト、そして監督をお呼びしましょう。どうぞ！』

きゃあぁぁ！　という歓声と大きな拍手が一斉に巻き起こる。袖から楓ちゃんたちキャスト陣が歩いて舞台の中央に立ち、最後に監督が端に立つ。パシャパシャと各媒体のカメラが無数の眩《まぶ》しいフラッシュを焚《た》く。楓ちゃんが優しく微笑《ほほえ》んで軽く手を振る。

より大きな歓声、の間に割って入るように、

『では早速ですがそれぞれご挨拶と、本作の見どころを教えてください』

アナウンサーは着実に進行していく。撮影中のハプニングや面白話、楓ちゃんの誕生日をみんなで祝ったこと。舞台上でのトークにお客さんたちはときに感心し、ときに興奮して拍手が上がる。裏で軽口を叩いていた監督が、緊張してしきりにハンカチで汗をぬぐいながら喋っているのが微笑ましい。

あっという間に時間は過ぎて、

『では最後に、主演の楓さんからひと言お願いします』

アナウンサーが話を振る。はい。楓ちゃんは短く返事をしてマイクを握り直す。

『あの、わたしはこの作品である女性を演じさせてもらいました。その子は満たされない恋をしている人です。好きな人に、好きになってもらえない人です。そしてたぶん、そんな自分のことも好きになれない人です』

そこまで言って、楓ちゃんはひとつ、間を置いて続ける。

『恋ってなんだろう。人を好きになるってなんだろう。撮影中、ずっとそれを考えていました。台詞《せりふ》を言うたび。笑うたび。涙を流すたびに考えていました。そしてそれは今も答えが見つかってるわけじゃありません。でも、って思うんです。恋に正解なんかないから、みんな恋をするんじゃないかって。客席のみなさんの中にはとても辛い恋をしている方がいるかもしれません。報われない恋、他人から非難されるような恋をしている人だっているかもしれません。友達から馬鹿にされたり、毎日好きな人を考えて泣いたり、眠れなかったり。でもね、それは誰になんていわれようと恋。あなただけの恋なんだと思います。だから、どうか大切にしてあげてください。あなただけの恋を大切にしてあげてください。映画「食虫植物」、ぜひ最後まで楽しんでご覧ください。ありがとうございました』

楓ちゃんが言い終わると、これまでで一番の拍手が劇場内に響き渡った。わたしも、拍手していた。手のひらが痺《しび》れるくらいに。

わたしだけの恋を大切に。

きっと、みんなのこの拍手は楓ちゃんに対してだけじゃないと思う。これまでや、今。そしてこれから出会うかもしれない、それぞれの恋に対して拍手しているんだと思う。

完成披露は大盛況だった。

挨拶を終えた俳優たちを見送り、映画のエンドロールまで見届けると、わたしはまた重いバッグを肩にかける。

「じゃあ朝田ちゃん打ち上げでなぁ」

「はい、またです。佐藤さんもお疲れ様でした」

監督と飲みにいくという佐藤さんと猪俣さんに挨拶して、通用口のエレベーターで一階まで降りた。裏にあるラウンジから表へ出る扉を開けると、レイトショーを観るのであろうお客さんたちの姿がまだけっこうあった。

これからわたしは、わたしの恋と向き合うのだ。拓也に連絡しよう。で、家でもう一度、今度はちゃんと話す。どういう結果になるにせよ、自分の思いを伝えなきゃ。その思いから逃げず、大切にしなきゃ。

ふー。深呼吸し、自動扉をくぐって歩き出した瞬間だった。

「えんちゃん」

声がした。

「あの、これからお花見いきませんか?」

外でわたしを待っていたのは、頭から足先まで女性の格好をした拓也だった。

「何年ぶりだろうね」

肩まで髪が伸びた拓也が、並木道を歩きながら言う。お花見といってもまだ花の一輪も咲いてはいない。桜の枝の先がようやく芽吹きはじめている程度。

「四年ぶりかなぁ」

ひらひら、桜の代わりに拓也のスカートが歩くたびに舞う。

「ヒール、痛くないの？」

「やっと慣れてきた」

「てかメイクわたしより上手くなってんじゃん」

「そんなことないよ。やっぱりまだ難しい」

「……外にはもうけっこう出たことあったの？」

「うーん。これで三回目かなぁ。やっぱ緊張するね。けど、不思議な開放感がある。変な目で見てくる人も多いけどさ」

そう言った拓也だが、その顔からは自信のようなものを感じた。誰からどう思われてもいいという、強さ。わたしが撮影や編集で彼から逃げていた間、拓也はずっと逃げずに自分と向き合ってたんだなと改めて気づかされる。

「……今朝は逃げてごめん」

「いや、ぼくも急だったしタイミング悪かった。完成披露観たよ。いい映画だったね」

「あ、来てくれてたんだ」

「うん。ひそかにチケット応募したら受かってさ、それに楓ちゃんのこと好きだし」

わたしのことは？　そう尋ねそうになってやめる。拓也がそんなつもりで言ったわけじゃないことくらいわかってる。

「あのさ……。やっぱ、わたしがハロウィンの日にメイクしたのがきっかけだった？」

ずっと避けていた質問。訊きたくて、訊けなかった質問。

「うーんどうだろう。たしかにきっかけではあったんだろうけど、そのせいじゃないっていうか。よくいうじゃん、目覚めた瞬間みたいな。たぶんそういうんじゃなくて、ずっと心の底にあったんだと思う。なんていうか、違和感みたいなものが。けど、最近やっとその違和感がなくなってきたっていうか……うん。いまは、そんな感じかな」

「そっか」

六本木から電車で三駅。いつもなら花見シーズン以外でも人の多い川沿いだが、今日は落ち着いている。終電も近いからだろうか。

浅い水面が細かく揺れながら道沿いに並ぶ建物の光を反射している。

わたしのパンプスと拓也のヒール。

ふたつの足音が夜に生まれては消え、生まれては、消えていく。

「わたしね、色々考えた」

「……うん」

「考えてね、色んな未来を想像してみた」

「うん……」

拓也は歩きながら前を向いたまま頷く。長いまつ毛が、何本目かに過ぎた街灯の明かりに照らされ、人工的に光る。

「で。でもね、それはあくまで未来の話で、可能性の話で。だから、いまの正直な気持ちを拓也に伝えたいって思った。それがわたしにとって大事なことだから」

すこし声が震えていた。わたしが立ち止まると、拓也も歩みを止めた。

冷たい風が吹く。わたしと同じように、拓也も乱れる髪を手で押さえる。頭上の、まだなにも咲いていない桜の枝は、しずかに揺れている。

「別れたくない」

「え？」

わたしはお腹に力を込める。

「わたし、拓也と別れたくないんだ」

「でも……こんな格好のぼくと……」

「でもじゃない」

そこまで言って、なぜか涙が溢《あふ》れてくる。

「格好とか……関係ない……。格好で拓也は、変わらない。わたしにとって拓也は拓也だもん。これから二人がどうなっていくのかはわからない。本当はずっと一緒にいたい。けど、拓也がわたしと一緒にいたくないって思うかもしれないし、いつかわたしがそう思うかもしれない……。でも……拓也が……今も、わたしのこと嫌じゃなかったら……。わたしは……絶対に…別れたく……ない」

「……」

これって、わたしのエゴだよね。もしかしたらただの執着なのかもしれないね。でもね、本当にそう思ってるの。わたし、なにがあっても、拓也と一緒に生きていきたい。

あなたは言った。

――この綺麗な桜の木がいつか枯れてしまっても、なかったことにはならない。でもね、その「いつか」は、ない。わたしが枯れさせない。どこまでも、いつまでも、なにがあってもわたし、あなたに執着するよ？

だって、それがわたしの気持ちだから。エゴでもなんでも、この気持ちを大切にしたい。それが自分のことを、大切にすることだと思うから。

頭はぐるぐるめぐる。そのくせ、言葉の代わりに涙だけが溢れてくる。拓也は小さなショルダーバッグを開け、ハンカチを差しのべてくれる。

けど、わたしはそのハンカチを受け取らなかった。

わたしは、拓也の手を掴んだ。

『食虫植物【わたしのすべてがあの子ならいいのに】』 あとがき

これまで、わたしはいくつかの恋を経験してきた。

この物語を書くにあたって、

——そもそも恋ってなんだろう？

ということを改めて考えたつもりだ。

ちなみに国語辞典のひとつ、『広辞苑』で「恋」を引くと一つ目の説明にこう書いてある。

〈一緒に生活できない人や亡くなった人に強くひかれて、切なく思うこと〉

試しにほかの辞典も開いてみよう。『三省堂国語辞典』にはこう。

〈人を好きになって、会いたい、いつまでもそばにいたいと思う、満たされない気持ち（を持つこと）〉

言葉の意味は移ろうものだし、国語辞典に書かれていることがすべて正しいってわけじゃないと思っている派なので——国語辞典を編纂されている方すみません。『舟を編む』大好きです——だから「どうってことではないんだけれど、〈切ない〉と〈満たされない〉の間に、わたしにとっての「恋」という響きと共通するものがあるように感じてハッとした。

『食虫植物【わたしのすべてがあの子ならいいのに】』を書くきっかけとなった楽曲『食虫植物』にも、この切ない、満たされないという二つの要素がかなりストレートに表現されているように思う（実際〈満たされない〉というワードは曲の歌詞にもたくさん出てくる）。

だいたい、恋という言葉はずるい。語感も漢字としてのフォルムもえらく美しいくせして、現実ではツラいことばっかりだ。だってそうじゃない？　両想いになれることなんてほとんどない。連絡をして返ってくるまでの時間は永遠くらい長いし、自分以外の人と仲良くしてるのを見るだけで苛々《いらいら》したり、急に泣きたくなったりする。ちなみに『万葉集』という千何百年も前に編まれた和歌集では、恋を表すのに「孤悲」という字を当てた歌がいくつもあるらしい。昔から恋のツラさってものは一緒なんだなぁ、となんだかしみじみする。

けれど、わたしは「恋」という言葉が好きだ。相手のことを考えて眠れない夜が好きだ。どうでもいいことで胸が満たされない想いが好きだ。

ぎゅっとなって溢《あふ》れてくる涙が好きだ。

もしも、この拙《つたな》い文章を読んでくれているあなたが報われそうにない恋をしていたとして、その想いをバカにするような人がいたら、わたしはそいつを殴ってやりたい。そしてそいつは、こんなにも辛くて、苦しくて、でも、かけがえのない感情を理解できない可哀想な人間だと猛烈に貶《けな》してやる。

これは恋の物語だ。恋愛の物語じゃない。わたしはまだ、おそらく愛をしらない。

と、そんなことを考えながら、夜中にひとり書いている。

恋に落ちて、落ちて、落ち切って。その奈落の底を突き抜けた先に、きっと新しい世界が待っていることを信じながら。

橋爪駿輝

食虫植物

【わたしのすべてが
あの子ならいいのに】

2024年4月5日
初版第1刷発行

著者：橋爪駿輝
イラスト 春 曲 笹川真生 歌 理芽

発行人：野内雅宏
編集人：鈴木海斗
企画・編集：滑川恵理子
装丁：川谷デザイン
発行所：株式会社一迅社
〒160-0022 東京都新宿区新宿3-1-13
京王新宿追分ビル5F
[編集部]03-5212-6131
[販売部]03-5212-6150
発売元：株式会社講談社（講談社・一迅社）
印刷：大日本印刷株式会社

ISBN978-4-7580-2535-5